第4屆【噶瑪蘭・島田莊司推理小說獎】決選入圍作品

黃

雷鈞——著
島田莊司——講評
玉田誠——導讀

關於【噶瑪蘭・島田莊司推理小說獎】

華文世界近年來掀起了一股推理小說的閱讀風潮，大量日本、歐美的推理作品被譯介出版，也深受讀者喜愛。金車教育基金會為了鼓勵華文推理創作、發掘年輕一代深具潛力的推理作家，加深一般大眾對推理文學的討論與重視，獲得日本本格派推理大師島田莊司首肯，舉辦兩年一屆【噶瑪蘭・島田莊司推理小說獎】。

誠如島田老師的期待：「向來以日本人才為中心推理小說文學領域，勢必交棒給華文的才能之士，我可以感覺到這個時代已經來臨！」期盼透過這個獎項讓更多人投入推理文學之創作，帶給讀者嶄新的閱讀時代。

這項跨國合作的小說獎已邁入第四屆，在島田先生和皇冠文化集團支持下，將致力華文推理創作推廣到世界各個角落，讓此一獎項不僅是華文推理界的重要指標，更是亞洲推理文壇的空前盛事，期盼未來華文推理作家能躍上世界推理文壇。

［推薦序］

既是本格推理又是文學的可怕傑作

（本文涉及部分情節設定，請自行斟酌閱讀）

日本推理評論家／玉田誠

此作《黃》，是以《見鬼的愛情》入選第三屆島田莊司推理小說獎的雷鈞的新作。前作與其說是本格推理，還不如說是將怪異與混沌埋入理論與真相中的幻想推理——以此心態欣賞前作的筆者，首先對作者的作風大轉變感到驚訝。然而，更令人震撼的是，這個故事既是操作欺騙技巧的本格推理，也是給人清爽的讀後感的美麗文學。

此作以兩個時間軸來敘述故事，其一是從中國的孤兒院開始的少年故事，其二是對在中國發生的獵奇事件深感興趣的盲人主角，前往該處探索事件真相的故事。很快地，這兩個故事在前半就重疊了，然而如上所述，此作具有深思熟慮的架構與技巧，所以不僅僅是本格推理，亦堪稱為優秀文學，這才是值得注目的地方。

據島田莊司所言，由於江戶川亂步之功罪，在日本有「偵探小說略遜文學一籌的傾向」。因為有這樣的背景，先人們從黎明時期便開始不斷質疑「偵探小說是否堪稱文學」？隨著時間流逝，在綾辻行人以《殺人十角館》出道，成為新本格的旗手時，對於本格推理的文學性質疑，又改變形態出現了，改為「描寫的不是人」的批判。但島田莊司指出，那部作品是以所謂「人物符號化表現」的嶄新本格推理的技巧寫出來的，由此可見，歷史已經證明對那部作品的批判是不中肯的。

那麼，在本格推理，所謂「描寫的不是人」是什麼意思呢？不，這樣的問法不正確。或許，這個問題應該這麼問——在所謂本格推理的文藝領域，應該如何描寫人？

筆者認為，答案就在此作《黃》裡。若本格推理是「使用謎題與理論喚起驚訝的裝置」，那麼，在那樣的驚訝中，肯定還蘊藏著強烈撼動讀者內心的「某種東西」，而那個「某種東西」就是文學性之類的曖昧言語才能夠表現的文學本質吧？主角透過調查事件的「偵探」行為，知道了長年被隱瞞的真相，這樣的架構使此作《黃》成為優秀的本格推理，同時也成為猶如教養小說般的精彩成長故事。儘管埋入作品中的伏筆，大多是由「偵探行為」和「解謎」等本格推理獨有的構成要素，來支撐「揭開最後真相以揭開主角本身之戲劇性故事」的佈局，但作者在那裡同時操作了本格推理的欺騙技巧，以及尖銳的文學技法，魅惑了讀者。

在閱讀此作的過程中，讀者會緊挨著主角，完全從他的「觀點」去認識故事裡的世界。可想而知，要以使用視覺之外的聽覺、觸覺、嗅覺的文章表現，來傳達故事的世界，是多麼困難的事。然而，此作的描述非但沒有任何突兀感，流暢優美的筆致最後更與本格推理的欺騙技巧相融合，這樣的結構唯有「精湛」二字了得。作者使用本格推理的技巧來「描寫人」，創作出既是本格推理又是文學的可怕傑作。

不過，雖說是文學，或許還是該給予讀者忠告，此作並非單純的感人故事。愛倫・坡（Allan・Po）藉由《莫爾格街兇殺案》創造出來的所謂偵探小說的文藝形式，依據成為指南的范・達因（Van Dine）的「二十則」與諾克斯（Knox）的「十戒」中的指示，建立了量產化的條理，逐漸興盛起來。然後，在亞洲，日本人就像憧憬、敬慕來自歐美的車子、相機等舶來品般，「盲目」地接納了這個新的文藝形式。後來，偵探小說的構思儘管在推理小說與本格推理間換來換去，日本人還是在長期以來的技巧與故事的架構方法上進行「持續改善」，終於磨練出以本格推理的技巧本身來「描寫人」的洗練文學形式——其最大成果之一，不用說當然是前面提到的《殺人十角館》。

回過頭來思考，中國大陸如何呢？他們是最近才開始廣泛閱讀歐美黃金時期的偵探小說和日本的本格推理，但與往昔的日本大不相同，中國大陸的創作者對自己富饒文學的歷史與積蓄有絕大的自信。對歐美沒有絲毫的自卑感，更不畏懼來自歐洲的舶來品偵探小說的侵襲。當他們看到「十戒」中那句「No Chinaman must figure in the story（不准有中國人出現在故事裡）」，是什麼感覺呢？諾克斯發表「偵探小說十戒」，是在一九二八年。在此，筆者有個「說不定」的想法——中國人所寫的這本《黃》，會不會是九十年後，華文世界給在「十戒」中寫入「中國人」並提倡「黃禍論」的歐美人的一記猛烈的反擊呢？

沒錯，這部作品雖給人清爽的讀後感，卻暗藏著文學特有的毒藥。

［推薦序］

最大的驚訝來自最後找到的真相

名小說家／張國立

這次身為偵探的主角無法如白羅般的瀟灑、福爾摩斯般的從容，他面對的是從頭到尾對他的設局，要他尋找自己。盲眼的中國男人從歐洲回到出生地，在莫名的小鎮，一步步揭開身世。如希臘悲劇《伊底帕斯王》，最大的驚訝來自最後他找到的真相，也就是他的真實身分。

[推薦序]

前所未見的題材，成就不容小覷

PChome Online董事長／詹宏志

獨特的故事與奇異的情境，作者創造了異想天開的前提與曲折，開拓了前所未見的題材，成就不容小覷；小說的角色設計令人難忘，故事鋪陳則千迴百轉；解析案情中，又融入分裂人格等理論，更把作者過去的創作當作指涉文本，雖然增加了讀者的困難，卻也增添內行讀者的閱讀樂趣。

嚴格來說，夏亞軍先生才是這篇小說的真正創造者。
我必須要在此闡明，
夏亞軍先生所進行的工作，遠遠不止於把我口述的故事記錄下來而已。

儘管，
由於中華民族那與生俱來的謙遜美德，
他總是婉言否認這一事實。

另外，本文含有**一個**敘述性詭計，
敬請注意。

馮維本
（本傑明・維特施泰因）

1

日落時分，行將就木的太陽，為大地萬物鋪灑上最後一層金黃。沉沉暮色之下，那些經歷了一天辛勞的人們，此刻早已是疲累不堪，昏昏欲睡。

中國古代的智者們，於是便將這段時間稱作「黃昏」。

這個故事，正是從一個不尋常的黃昏講起。

學校正式進入暑假的那一天，沉默寡言的魏默先生，開著那輛同樣平穩安靜得惹人厭煩的梅賽德斯轎車，從宿舍直接把我運回了位於慕尼黑郊外的家中。自此以後，無聊的生活已經持續了超過一個星期。

在夏季的歐洲，白晝的時間總是變得格外漫長。下午七點半，我坐在臥室的陽臺上，悠然自得地讀著一本小說。夕陽的餘暉照在身上，暖洋洋的，慵懶而舒適，手臂開始變得搖搖欲墜。

於是——啪。

書本從我的手中滑落，不偏不倚地擊中了伏在一旁的伊莉莎白。

「哎呀！對不起。」我連忙道歉，睡意也頓時煙消雲散。

還好，寬宏大量的伊莉莎白只是低沉地咕噥了一聲，便繼續饒有興味地耍弄著一個小號足球。這未免顯得有些幼稚，畢竟，她已經年滿七週歲了。

「喂，茜茜，」我喃喃道，「妳現在可是匈牙利的女王陛下了啊。」

作為回應，伊莉莎白親暱地蹭了蹭我的小腿，似乎是在表示她也更加青睞這個名字。

叩。房間的門上傳來一下短促的敲擊。僅僅從這敲門的方式，便可以知道在房間外面站著的是胖乎乎的魏默太太。這位和藹可親的女士在我家擔任廚師和幫傭，據說已經超過二十五年了，幾乎就和她丈夫的司機生涯一樣長久。

「請進。」

我聽見房間的門被推開了，但魏默太太並沒有走到裡面來。

「本，」她以帶著濃厚巴伐利亞口音的德語說道，「維特施泰因太太在客廳，她想見你。」

她指的是瑪麗•維特施泰因——我的母親——準確地說，應該是我的養母才對。

「好的，我馬上就過去。謝謝您。」

「下樓梯的時候請小心一點，早上地板剛打了蠟，注意不要滑倒了啊。」

我忍俊不禁。過去十年——或許更久了也不一定，魏默太太每年都會說上兩遍一模一樣的話，自己卻仿似渾然不覺。「我知道了，請放心。」我回答道。

門被重新關了起來。隨著走廊上那敦實的腳步聲逐漸遠去，我從陽臺回到室內，在衛生間簡單地洗了洗臉，然後換上外出的衣服和皮鞋。當一切準備就緒後，伊莉莎白早就耐心地蹲在門邊等候了。

「茜茜，我們走吧。」

這條出色的金毛尋回犬[1]立刻昂起頭來，我輕輕撫摸著她脖子周圍的軟毛，牽起與她項圈相連的繩子。

我家是一幢對稱結構的房子，樓梯建在正中央，我的臥室位於二樓走廊的盡頭，因而擁有一個可以充分享受日照的陽臺——對此，雅絲敏從來無法掩飾她的嫉妒。我踏在走廊的木頭地板上，感覺似乎是和昨天有些不一樣，當然，這不過是因為聽了魏默太太的話而產生的心理作用罷了。

經過索菲亞・馮・維特施泰因的巨幅肖像油畫時——她是父親的祖母，我的曾祖母；據說，是那個時代歐洲最美麗的女性之一——我習慣性地伸手摸了摸鍍金的畫框，然後沿著弧形的樓梯走到一樓。這是一個橢圓形的門廳，樓梯和通向外面的大門分居兩端，四周裝飾著古希臘的愛奧尼式圓柱。大理石鑲嵌的地面平整堅硬，透過鞋底，一股冰涼的氣息從腳下直滲上來，在炎熱的夏天裡感覺十分清爽。門廳一側是兩間書房、擺放有中式八仙桌的餐廳，

1. 金毛尋回犬（Golden Retriever），又稱黃金獵犬。

以及魏默太太神聖不可侵犯的廚房。另一側則是寬敞的客廳和起居室，和樓上的每個臥室一樣，鋪設了厚實的地毯。

當腳下傳來那種柔軟質感的時候，我朗聲道：

「媽媽，您找我嗎？」

從壁爐的方向響起了母親溫柔的聲音：

「啊，本，你來得正好。」

令我略微感到驚奇的是，母親說的是**英語**。母親雖然已經在歐洲大陸居住多年，但卻是地道的倫敦人，斯坦福橋球場和皇后劇院的忠實觀眾。遺憾的是，在這幢所有人都說德語的房子裡，那一口迷人的英國腔並沒有多少用武之地——

等等，這麼說來——

我們居住在德國，假如在場的其他人都是說德語的話，母親就一定會說德語；剛才母親說的是英語，不是德語；所以，這個客廳裡，此刻至少有一位不會說德語的第三者在場。生活在這幢房子裡的所有人都會說德語；在我面前，客廳裡的某個人並不會說德語；所以，這個人就必然是從外面來的。

大前提、小前提、結論。亞里斯多德的三段論推理，嚴謹得令人為之傾倒的邏輯，宛若一件完美無缺的藝術品。真正的經典，即使經歷了許多世紀，被無數人引用過，也絕對不會成為過時的陳腔濫調。

某種奇妙的混合氣味，恰好在這時飄進我的鼻孔——其中包含有女士用的香水，我立刻辨別了出來。並不是母親慣用的那種，主調是清香的橡木，宛若剛啟封的紅酒，適合更年輕一些的職業女性。

當然，我並非什麼時尚專家。不過，雅絲敏的閨中密友，瑪蒂爾達也是同款香水的忠實擁護者。這氣味對我來說並不陌生。

「歡迎，」我禮貌地用英語說道，「您的光臨，實在是讓寒舍蓬華生輝。」

我們的客人從椅子上站了起來。從動作的幅度判斷，這是一位苗條的女士。她並沒有穿高跟鞋，個子比我矮一些，大約在一米七十左右。

「WHEN小姐，這是我的兒子，本傑明。本，親愛的，我希望你來認識一下WHEN YOU DIE小姐。她目前在你爸爸的辦公室擔任實習生——和你一樣，她也是來自中國的哦。」

W-WHEN YOU DIE？**當你死掉的時候**？？雖然母親竭力裝出一本正經的語氣，但過猶不及，反而將她心裡的糾結表露無遺。

「媽媽，拜託您不懂發音就不要隨便說人家的名字啦。」我當即向母親抱怨，然後改用中文說道，「對不起，我沒有聽清楚您的名字。」

「我叫溫幼蝶，」陌生的女性同樣以中文回答，「溫暖的溫、幼小的幼、蝴蝶的蝶。你好。」

就是嘛！分明多漂亮的名字，什麼WHEN YOU DIE亂七八糟的——不過，等一下，幼蝶？幼小的蝴蝶？？話說那不就是毛毛蟲嗎？？於是我無可奈何地聽見自己發出與母親方才如出一轍的聲音：

「您——您好，我是馮維本，維持的維，本來的本。」

「嗯，本傑明・馮・維特施泰因……原來如此，是把每個單詞的第一個字湊成的中文名字，對嗎？」

「是的，您說得完全正確。」我不太自在地回答道。早在一九一九年，「馮」的部分便已經不再存在於這個家庭的姓氏中[2]。我只是為了拼湊出一個常見的中國百家姓，而巧妙地借用了古老的歷史而已。

「很高興認識你。」毛蟲小姐將對話切換成英語，同時主動和我握手。

然而我在半途卻改變了主意，順勢牽起她的指尖，放到嘴邊輕輕一吻。

「本？」一旁的母親驚奇地叫了起來，「你什麼時候變得這麼紳士了？」

「您說什麼呢？」我不滿地抗議道，「我一直都是這樣的啊。」

「呃——好吧。無論如何，我今天邀請WHEN小姐到這裡來，是想談談關於你的暑假旅行計畫。我想你也知道，自從那天你提出要到中國去，我和你爸爸就一直非常擔心……」

「我說過了，媽媽，沒什麼好擔心的——我已經十九歲了。」

「要等到聖誕節才是。」母親吹毛求疵地糾正道，「親愛的，我們當然知道你很能幹。

只是站在父母的立場上……」

「說起這個，」我打斷了母親的話，「雅絲敏又怎麼樣？看在上帝分上，她可是跑去了亞馬遜叢林啊——黑幫！食人族‼南美大森蚺!!!我怎麼一點兒都沒覺得您們在擔心她呢？」

雅絲敏是我的妹妹，僅僅比我小五個月。幾天前，當我和伊莉莎白被魏默先生關進後排座位的時候，她卻大搖大擺地登上了前往里約熱內盧的航班。更加令我惱火的是，父母似乎並不認為那是個糟糕透頂的主意。

「當然我們也很掛念她，」母親溫和地說，「但雅絲敏的情況有些不一樣。首先，她是和朋友一起去的……」

「正因為這樣才危險不是嗎？每個人都知道，那個叫穆勒的小子一直對她心懷不軌。」

「這麼說太過分了，我覺得卡爾是個好男孩。而且無論如何，雅絲敏也已經是成年人了，可以自由挑選她自己喜歡的人，你不這樣認為嗎？」

和母親爭論是沒有意義的。她太善良了，甚至不肯去設想他人的邪惡——卡爾・穆勒，毋須諱言，我半點兒也不信任那傢伙。誠然，雅絲敏本身是個富有魅力的女孩，但我無比確

2. 一九一九年，德國和奧地利廢除貴族制度。兩國姓氏中象徵貴族地位的「馮（von）」從此失去法律意義。德國允許在姓名中保留「馮」，但不享有任何特權；而奧地利則規定必須刪除。

信，穆勒向她大獻殷勤的目的，無疑只是為了接近和討好父親——赫伯特・維特施泰因，在早前席捲歐洲大陸的債務危機中，力挽狂瀾而保存了歐元統一貨幣地位的，為數不多的人物之一。

當然了，以父親的精明，無論穆勒打的什麼如意算盤，到頭來也只會是竹籃打水一場空——至少，我一直是這麼堅信著的。因此，當我得知雅絲敏暗中策劃了這趟荒謬的旅行，而父親竟絲毫沒有反對的時候，我著實大吃了一驚。

「走著瞧好了。」我威脅地揮舞著拳頭，「要是那小子敢讓雅絲敏傷心的話，我絕對不會放過他的。」

「好啦，好啦，先把那副兇惡的哥哥樣子收起來吧，可以嗎？不要忘記，我們還有客人在這裡呢——」母親滿帶歉意地說，「WHEN小姐，真是不好意思……」

「完全沒有的事，」毛蟲小姐笑道，「雅絲敏有這麼一個哥哥，我倒是羨慕得很呢。」和我一樣，雅絲敏也是被收養的孩子。在來到這個家之前，我們已經在中國一所孤兒院裡共同生活了好幾年，因此雖然沒有血緣關係，感情卻絕不亞於任何親生兄妹。

「那麼，讓我們回到正題吧。」母親嚴肅地說。「首先，親愛的，我希望你明白，我和你爸爸一直都是完全支持你的——事實上，過去我們也曾談論過許多次，總有一天，你將必定要回到這個你出生的地方去。至於你之前所提到的，此行還帶有這樣一個高尚的目標，毫無疑問，我們都感到非常自豪。」

母親的恭維話聽起來雖然舒服，但我心知肚明，在這番鋪墊之後，恐怕便是輪到壞消息登場的時候了。於是乾脆保持著緘默。

「你的簽證，我們已經順利拿到了。這幾天，你爸爸又向在中國的朋友打聽過了有關動物檢疫的問題，得到的答覆是這方面的手續相當複雜，恐怕不能在短時間內辦理完畢。這麼一來，你將無法把伊莉莎白帶到中國去，也就是說，我們必須要安排一個人和你同行。」

「沒有那個必要，」我倔強地說，「即使不帶伊莉莎白，我一個人也沒問題。」

「親愛的，你應該能更通情達理一些。如果我們要同意你去中國，前提是必須有一個可靠的人和你一起去，恐怕這並沒有商量的餘地。唯一的問題，只在於這個人是誰而已。」

「我明白了。」我冷笑道，「所以，你們就找了溫小姐來當我的保姆，對吧？」

「呃——」毛蟲小姐插了一句，「假如你不介意的話，我更傾向於使用『同伴』這個詞。」

「噢，那真的讓一切都變得不同了。」我不無譏諷地說。

「本，」母親歎了口氣道，「要是你對這個安排不滿意的話，我們也可以再討論其他方案。你爸爸的工作太忙，也許很難有時間，但我會非常樂意陪你去中國。我們只是認為，像你這樣的小伙子，大概不會希望暑假旅行時還讓父母跟在身邊吧？WHEN小姐本身就是中國人，你們可以用中文交流，在旅途中她也能夠給予你許多幫助。既然都是年輕人，我實在找不出任何理由，你們不會馬上成為朋友。」

「實習生，是嗎？」我的語氣裡充滿著嘲弄。

「就像當年伊蓮那樣。」母親還在徒勞地試圖挽回我的心，「你喜歡伊蓮，不是嗎？」

在我很小的時候，伊蓮曾擔任輔導我學習中文的家庭教師，她當時還只是一名留學生。

「您是指舒爾茨太太嗎？」我絲毫不為所動。「那麼，溫小姐，您是在法蘭克福上學嗎？」

「呃——對，法蘭克福大學。」

「啊，很好的學校——您是在博肯海姆還是韋斯滕德[3]？」

「好啦，」母親制止了我的問題，「我相信，你們以後會有多的是時間聊天。那麼，親愛的，如果你同意了，接下來我們還有一些準備工作要做……」

「媽媽，」我突然收斂了那友善的表情，冷冷道，「『是就說是，不是就說不是，多餘的話就出自魔鬼了。』[4]」

「本……」

母親是虔誠的基督教徒，從小便帶領我們在星期天到教堂去做禮拜，以及進行餐前的祈禱。因此我清楚地知道，引用〈馬太福音〉的這句話，已足以動搖她進一步編造其他謊言的念頭。

「別看我這個樣子，」我加重了受害者的語氣，「但也不會這麼容易就被欺騙呢。」

我竭力想要表達遭受背叛的憤怒，卻驚訝地察覺到，自己的聲音裡竟帶有了某種意料之外的情感。

一絲莫名的興奮，令我牽著伊莉莎白的手微微顫抖起來。

3. 博肯海姆（Bockenheim）、韋斯滕德（Westend）：均是法蘭克福大學（Johann-Wolfgang-Goethe-Universität Frankfurt am Main）的校區。

4. 《聖經・馬太福音》第五章第三十七節。

2

無可名狀的興奮感宛若一股電流，在四肢百骸間不停奔騰遊竄，轉眼間便已貫注全身。

我躺在由鐵架和薄木板組成的床上，絲毫沒有睡意。天氣其實算不上十分冷，被子也已經緊緊裹住了身體，我卻像秋天的落葉一般瑟瑟發起抖來。不安穩的床架子於是發出了吱呀吱呀的聲響。

就在不遠的地方，飄浮著某個未知的真相——是的，那個一直被我忽略掉，卻必然存在的真相，此刻已經來到了觸手可及之處——我強烈地預感到，這將註定會是一個不平凡的夜晚。

上方，教堂的鐘連綿悠揚地敲響了十一下，令整個房間也微微顫動起來。我虔誠地期待著奇跡的降臨，不免覺得有些口乾舌燥。

窗外忽然傳來了奇怪的聲音——也許是風，在院子的大樹頂上，呼呼地吹過的大風；要不，是下雨了嗎，淅淅瀝瀝，滴滴答答，落在地面的雨點兒；嗯，蟲子們已經好久沒有叫過了……

我豎起耳朵，集中精神，希望聽得更真切些。

就在這時，門被打開了，一個幾乎沒有腳步聲的人徑直走到了床邊。
「張媽媽——」我叫喚道。
「阿大？」張媽媽詫異地回應，「你怎麼還沒睡覺？」
「我不想睡覺。」
「傻孩子，是怕黑了嗎？」
「什麼是『怕黑』？」
「……」
張媽媽愣了一陣子，然後在床邊坐了下來，用她那巨大的手掌輕掃我額前的半綹頭髮。厚實粗糙的掌心散發出些許溫暖，驅趕著籠罩在我臉上的寒氣。
「是哦，我們阿大最勇敢了，才不會怕黑呢，什麼都不怕……」
不知道為什麼，她似乎不打算像往常那樣轉一圈就離開，而且說話的語氣也溫柔了許多。雖然我依舊不明白「怕黑」到底是個什麼東西，不過有人陪伴的感覺真好。
「張媽媽。」
「嗯。」
「樂樂在哭。」
「什麼？」
「樂樂又在哭鼻子了。」

「別胡說，樂樂跟何媽媽在一起，早就睡著啦。阿大現在也要好好睡覺。」

「我聽見了，樂樂在哭。」

「那一定是阿大聽錯啦。樂樂睡在**東屋**，中間還隔著好大一個院子呢。就算是有小朋友在哭也不可能聽得見啊，張媽媽就什麼都沒有聽見哦。」

所謂東屋，是指教堂附建的一座小平房，不知道從什麼時候起，馬丁神父在那裡設立了這家孤兒院。走出教堂的側門，正如張媽媽所說，是一個很廣闊的院子；繼續穿過院子，途經整整二十二棵大樹以後，便會踏上通往東屋的臺階。

我每天都會在這段路上走一個來回，對此自然是再熟悉不過了。

但是，我**真的**——和往常一樣，我只是默默把這想法藏到了心裡。

「張媽媽，為什麼我不睡在東屋？」

「嗯？」

「大家都睡在東屋，為什麼只有我要睡在教堂這邊？」

「那多好呀，」張媽媽避重就輕地說，「整個房間都是阿大一個人的呢。」

「我不喜歡一個人，我想和大家一起睡覺。」

「這個咱們之前不是說過了嗎？因為阿大生病了，所以現在不能和大家一起睡哦。」

「我才沒有生病。」我不滿地反駁道，「生病會很痛的，我哪裡都不痛。」

「是嗎……那是因為阿大是個勇敢的好孩子嘛。不過，生病了就是生病了，一定要治好才行哦。」

「那什麼時候才能治好？」

「只要阿大聽話，每天早睡早起，很快就會好了。」

「好了以後我就可以到東屋去睡覺嗎？」

「當然可以啊。」

「如果其他小朋友生病了，他們也要睡到教堂來嗎？」

「呃……」

張媽媽支吾著，沒有回答這個問題。從東屋飄來的哭聲變得更嘹亮了，這樣的話，或許她也可以聽見了吧？不過張媽媽並沒有任何反應，只是一言不發地坐在床邊，那隻大手繼續撫摸著我的前額。

「張媽媽。」

「嗯。」

「什麼叫做『漂亮』？」

「……啊？」張媽媽心不在焉地答應道，似乎沒聽清楚我的問題。

「小茉莉『漂亮』嗎？」我換了一種說法。

「……你這是從哪裡聽來的？」

「今天早上，是何媽媽說的。」

「……何媽媽，是嗎？」

「對呀，何媽媽說小茉莉很『漂亮』。」

「是這樣啊。」

張媽媽無可奈何地歎了口氣，放在我額頭上的手也停止了動作。

「張媽媽，『漂亮』是什麼意思？」

「呃……『漂亮』就是說，女孩子長得……總之，就是用來稱讚女孩子的吧。」

「是稱讚嗎？」

「對了。女孩子都喜歡被人誇她漂亮的，阿大可要記住了哦。」

這麼說來，早上何媽媽誇小茉莉漂亮的時候，小茉莉好像確實很高興。

「只能稱讚女的，不能用來稱讚男的嗎？」

「嗯，通常來說是這樣的。你想，要是有人說『廚房的胖爸爸真漂亮』，那多噁心嘛。」

是吧，那聽著確實挺奇怪的，我忍不住咯咯地笑了起來。

「好啦好啦，別笑了，阿大快快睡覺哈——」張媽媽含混不清地說，最後則徹底化作了一個呵欠。

我並不甘心，但還是順從地安靜下來，窩在被子裡面不再動彈。然而不管我怎麼努力，卻始終無法像平時那樣進入夢鄉。

「張媽媽。」

「唉——」

「張媽媽也很漂亮。」我討好地說。

「胡說八道。」張媽媽輕輕彈了彈我的鼻子，「張媽媽老啦，不漂亮。」

「張媽媽，為什麼您不喜歡？」我委屈地問道。

「不是那樣的啦。」張媽媽又好氣又好笑地說，「『漂亮』只適合用來形容年輕的女孩子——你看，小茉莉就是咱們這裡年紀最小的，對不對？」

「小茉莉三歲了。」

「是哦，小茉莉今年三歲；馬上要到聖誕節了，那就是阿大的四歲生日啦。」

「小茉莉是妹妹，我是哥哥。」

「說得對。那麼阿大有沒有愛護妹妹呢？」

「當然有啊。」我自豪地回答道。每次吃飯的時候，那些小茉莉吃不完的東西，都是我替她吃掉的。

鐺——

半點的鐘聲在頭頂上敲響，逐漸暈開散落，最後消失於一片靜謐之中。

「天哪，」張媽媽驚呼道，「都已經十一點半啦，阿大快點兒睡著吧。」

「睡不著。」我老實地回答。

「那可不行。明天，馬丁神父要來教大家唱聖誕歌呢。要是現在不睡覺，明天就會沒有精神了哦。」

「今年也會有聖誕樹嗎？」

「當然會有了，會有很大的一棵呢。大家可以一起來裝飾聖誕樹哦。」

太棒了！我還記得去年的那棵聖誕樹，雖然摸上去有些硌手，但和院子裡的樹不一樣，有一種特別好聞的氣味。但是——

「什麼是『裝飾』？」

「……」

毫無徵兆地，張媽媽又再度陷入了沉默。幾乎就在同一時刻，另一種奇怪的動靜卻吸引了我的注意力——

噔噔噔。一個凌亂的腳步聲走進教堂的側門，迅速地登上樓梯，最後在我的房間門前停了下來。來人氣喘吁吁，卻試圖壓低嗓門說話，結果發出了一陣滑稽的嗞嗞聲。

「張姐，妳在這裡嗎？」

是何媽媽。我感覺床輕輕搖晃了一下，張媽媽站起來了。

「哎，怎麼了？」

「樂樂在東屋那邊哭得很厲害，好像還有點兒發燒了，妳能不能過來看一下？」

「啊……好的。」

對於樂樂的夜啼，老實說，我早就習以為常了；不過，今天晚上的情況，似乎要比平時更嚴重一些。樂樂今年六歲，但來到孤兒院則只有短短幾個月的時間，我不明白那是為什麼——在此之前，我還以為大家都是在這裡出生的，所以才順其自然地住了下來。

「因為，樂樂的爸爸媽媽遇上了一些不好的事情。」大人們的解釋總是欲言又止，無法令人滿意。

張媽媽走到了門外，我聽見門被關上，接著被鎖了起來。在兩人一輕一重的腳步聲之間，還摻雜著低聲的交談。

「張姐，妳怎麼在這兒？阿大還沒睡嗎？」

「沒呢。對了，我問妳，妳今天是不是當著他的面誇小茉莉漂亮了？」

「哎？我說是說過，但那時候阿大不在旁邊啊。」

「反正是被他聽到了……不過也不奇怪，這孩子耳朵太靈了。妳知道嗎，他居然從這兒就能聽到樂樂在哭，我剛才還不信呢。」

「啊?!那麼遠，不可能吧？」

「可不是嗎？就剛才，他還一個勁兒地問我『漂亮』是什麼意思。」

「哎呀，那咱們以後說話都得留心點兒才行了。」

「不過，我看大概也很難再隱瞞下去了……」

「那也沒辦法啊，畢竟他快要滿四歲了呢……」

對話內容愈發不清楚了。我一動不動地躺在床上，「怕黑」、「漂亮」、「裝飾」……一個個奇怪的詞語仍然在腦海裡揮之不去。

那個真相倏地再度浮現，此刻離我只有咫尺之遙；我想去抓緊它，它卻一次又一次狡猾地逃脫掉了。

哈——

我打了個呵欠。意識宛如一股被捲入到漩渦中的流水，逐漸變得模糊起來。

對了……「隱瞞」又是什麼意思？

3

「媽媽，您還要繼續隱瞞嗎？」

面對黯然無語的母親，我不由得感到一陣憐憫。但假如現在因為心軟而動搖的話，之後想重新取得主動就不容易了。

毫無疑問，在這齣鬧劇中，母親只是一個單純的執行者；其背後的一切，必定都是由父親所操縱安排的。在歐洲金融圈內，赫伯特‧維特施泰因素來以無畏的精神和決斷的行動而聞名——即使在ＤＡＸ再度跌破五千點的時候，他仍然憑著堅定的信念贏得了安格拉‧默克爾夫人的支持，並最終促成歐盟拯救希臘的新一輪貸款；然而，只要涉及與我有關的事情，父親卻總是容易杞人憂天，而且往往喜歡小題大做。

伊莉莎白嫻靜地站在我的腳邊，一動不動猶如一尊金黃色的雕像，彷彿她也充分理解了眼下這個難堪的局面。和其他獵犬一樣，金毛尋回犬通常總是精力充沛，難得會有願意安分下來的時候。但茜茜從小接受的一系列嚴格訓練，已經強行壓抑了她原本活潑好動的天性，以這高昂的代價來保證我的安全。

這也是導盲犬的壽命普遍比同類短的重要原因之一。我難過地想。

是的——我是一個盲人。由於一種被稱為先天性黑蒙症[5]的遺傳性疾病，從出生那天起，雙目便已經完全失明。雖然眼球的玻璃體組織依然健全，但視網膜上的視錐細胞和視桿細胞卻徹底失去了感光功能。

疾病的根源，據說是位於常染色體的某種隱性疾病基因。人類屬於二倍體[6]，每個體細胞內均含有兩組染色體——所謂的隱性疾病基因，是指假如它只存在於其中一組染色體，則不會產生任何症狀；但是，一旦兩組染色體均攜帶了疾病基因的話，便會出現像我這樣的病例。目前在醫學上，仍然沒有治療先天性黑蒙症的有效手段。

難得來到了這個五彩繽紛的世界，卻無法親自去看上一眼，要說一點兒遺憾都沒有，那恐怕並不誠實。但也正因為如此，視覺對我來說，不過只是一個抽象的概念而已，於是反而可以坦然接受這與生俱來的缺陷。

這便是中國人「塞翁失馬，焉知非福」的哲學——如果從未試過擁有的感覺，也就不會承受失去的痛苦。

因此，我大概永遠也不可能真正理解，在那個上帝打了瞌睡的下午，小光究竟經歷了怎樣的地獄；即使只是想像一下，哪怕在這酷暑炎夏之中，也會立即教人不寒而慄，渾身冒出雞皮疙瘩來。

如今，在互聯網上，這個六歲的中國男孩正牽動著無數人的心靈。發生在十幾天前的那場慘劇，已經將他的人生軌跡徹底改變。

那是一個晴朗的日子。從清晨開始，廣袤無垠的黃土高原上便颳起了微風，沙塵飄揚於乾燥的空氣中，一切似乎都和平常無異。在沒有幼稚園的山村裡，吃過午飯以後，各家各戶的孩子們便自行聚集到了一塊兒，或上房揭瓦，或蹚水摸魚，享受那些生長在都市的同齡人所體會不到的童年時光。

誰也沒有想到，正當他們恣意追逐嬉鬧之際，有一雙陰惻惻的目光，就躲在某個角落裡不懷好意地窺視著。

快樂的汗水灑落於腳下的黃土地上，直到天色開始轉暗，孩子們才紛紛如同倦鳥歸巢。在裊裊炊煙之中，卻唯獨不見了小光的身影。

原本熱氣騰騰的飯菜已經放得涼了，母親佇立在家門前不安地翹首以待，小光還是一直沒有回來。幾年前，一次不幸的意外就幾乎摧毀了這個家庭，儘管他們頑強地度過了難關，但那件事的陰影卻始終揮之不去。焦急的父親猶如熱鍋上的螞蟻，從村頭到村尾來回尋找——就連**那口**井，他也強忍著痛苦，把頭探進去張望過——然而，哪裡都沒有兒子的蹤跡。

5. 先天性黑蒙症（Leber’s Congenital Amaurosis），是一種罕見的隱性遺傳疾病，平均在八萬人中出現一例，於一八六九年由德國眼科醫生希歐多爾・勒伯爾（Theodor Leber）首次報導。

6. 染色體倍性（ploidy）是指生物細胞核內同源染色體（homologous chromosomes）的數目。只有一組稱為單倍體（haploid，N），兩組稱為二倍體（diploid，2N），超過兩組則稱為多倍體（polyploid）。人類和絕大多數的高等動物，以及超過一半的高等植物都是二倍體。

在一貫守望相助的農村，小光失蹤的消息很快便傳了個遍。青壯的男人們當即放下吃到一半的飯碗，自發組成了搜索的隊伍。女人們則在阡陌之間交頭接耳，訴說彼此打聽到的流言蜚語。

多虧如此，搜索的方向才得以在最短時間內確定了下來。好幾戶人家的孩子，不約而同地提到了一個重要的情報：下午的時候，看見小光被一個女人帶走了。

——是什麼樣的女人？家中的長輩連忙追問。

——不認識，大概不是咱們村裡的人。其中一名女孩回答。

——他們往哪兒去了？

——應該是後山的方向。另一名男孩言之鑿鑿地指出。

——小光是自願跟著那個人走的嗎？

——是的。

如果只有一個孩子這麼說，或許就會被認為是看錯了，甚至，會被當成撒謊也不一定。幸好，由於他們是分別做出的證詞，卻又出奇的一致，因此馬上便引起了足夠的重視。搜索的地點也隨即轉往了後山。

這時夜幕已經完全降臨。在一片漆黑的崎嶇山路上，過於依賴視覺的人們不得不打起了手電筒和火把，一邊避開腳下的石頭和樹枝，一邊大聲呼喊著小光的名字。不久，諸多分岔的小徑出現在兩旁，地形也變得愈發複雜起來。搜索隊於是只能分頭前進，約定無論是誰，只要一有發現便高聲呼喊作為聯絡。

在——這——裡——

差不多大半個小時以後，一句振奮人心的高呼，如霹靂般劃破了山野的靜謐。幾隻受驚的夜梟從枝頭上撲騰而起，在空中滑稽地折了個彎，復又消失在朔月的陰影之中。回聲在大山之間蕩漾，可是誰也沒有察覺到，潛藏於那聲音深處的一股恐懼。

喊話的是一個年輕小伙子。其他人趕到的時候，他就直挺挺地站在那兒，舉著火把的手還在不住發抖。搖曳的光線照在他那慘白如紙的臉上，斗大的汗珠正涔涔而下，活像剛剛碰見了鬼的樣子。

小光就倒在年輕人身後的樹下，儘管完全不醒人事，但口鼻處尚有呼吸。一張稚嫩的臉上鮮血淋漓，左右兩邊的眼球均被人整個剜去，只剩下兩個令人觸目驚心的深坑。因為及時被送往了醫院，小光並沒有性命之虞。但不可避免地，他從此將像我一樣，永遠成為了一個盲人。

由於受害者的年幼，以及罪犯令人髮指的殘忍手段，這樁「挖眼男童案」受到了廣泛的關注。不僅中國的報紙和電視臺以顯著的篇幅進行了連續的跟蹤報導，就連ＢＢＣ和ＣＮＮ等國際媒體，也都在短時間內轉載了相關消息。與此同時，普羅大眾則通過社交網路等途徑，表達著各自的祝福：

孩子加油，堅強起來！苦難已經過去了，你未來的路還很長，一定會是幸福快樂的！

祝小光早日康復！希望今後醫學快速發展，研究出真正具有視覺的仿生眼球，讓小光能夠重新看見這個陽光明媚的世界！

天將降大任於斯人也，必先苦其心志，勞其筋骨，餓其體膚，空乏其身，行拂亂其所為，所以動心忍性，增益其所不能……

隨便上網打開一個關於此案的新聞頁面，都充滿了許多這樣溫情脈脈的評論留言，讀來感人至深。對於小光來說，那想必也是莫大的鼓舞吧。

——假如，他可以看見的話。

我無意冒犯或揶揄任何人的善意。儘管這些可敬的人們並不瞭解，作為一個盲人究竟意味著什麼，但那也是理所當然的事情。而我——一種前所未有的使命感忽然膨脹起來——是的，只有我，才能夠真正幫助這個同病相憐的孩子。

「我會給他傳授自身的經驗，不必依靠視覺，也能順利完成日常生活；如果可以的話，我還希望樹立一個良好的榜樣，證明即使眼睛看不見，我們也不會就此度過悲慘的人生。」

提出暑假旅行計畫的時候，我慷慨激昂地陳述著必須前往中國的理由，「既然都是盲人，對於我的建議，小光大概也會比較容易接受吧。」

父母的疑慮是早在意料之內的。甚至，他們打算安排某人與我同行，倒也並非完全不可理喻。我只是實在沒有想到，他們竟會如此大費周章，來編造出這麼一通拙劣的謊言。

「好了，好了，我投降。」毛蟲小姐率先放棄了抵抗。然而她的語調輕快，似乎絲毫也不覺得沮喪。

「既然如此，」我乾巴巴地說，「那就請表明您的真實身分吧。」

「當然，我會那樣做的——我可以向你保證。但在此之前，能不能請你告訴我，我是怎麼被識破的？」

我假裝猶豫了一小會兒，這樣就不至於顯得過於迫不及待。事實上，即使她沒有主動要求，我也正有此意——如果不能當著對方的面，將其謊言裡的破綻和矛盾逐一擊破的話，推理還有什麼樂趣可言呢？

「首先引起我懷疑的，」我冷靜地說道，「是在最初的時候，我媽媽說的那句話。」

「『本，你來得正好』？」毛蟲小姐一字不差地重複道。母親則依舊沉默著，彷彿我們在討論的話題與她完全無關。

「不錯。」我點點頭，「但是，重點並不在於這句話的內容，而在於這句話的語言——英語，她說的是英語。這就說明了一點，您，我們尊敬的客人，並不會說德語。」

「確實如此。」

「根據您的說法，您正在法蘭克福大學念書；而既然已經開始了實習生的工作，您至少得在德國上了好幾年的學。然而，您卻不懂德語。要知道，在德國的大學，完全以英語教學的課程是屈指可數的。」

「但並非絕對沒有，不是嗎？」毛蟲小姐敏捷地鑽進了空子，「我想，你大概還能拿出更具有說服力的證據吧？」

「當然。」我胸有成竹地說，「您還記得剛才我們握手時的情形嗎？」

「你突然吻了我的手？」

「確實，非常突然——因為那本來就是一個臨時的決定。無論如何，一般人碰上了這種情況，難免會被嚇一跳，然後會下意識地稍微把手往回縮。對於女士來說，理應會有更加明顯的反應才對。奇怪的是，您的手卻自始至終任由我擺佈，沒有任何動作。」

「是嗎……」

「我相信，您曾經接受過嚴格的軍事訓練，能在一定程度上抑制身體的條件反射。剛才您為了不打斷我的動作，所以故意不露聲色，可是這麼一來，反而顯出了不自然的地方。」

「這可算不上什麼嚴謹的邏輯。」毛蟲小姐評論道，「也許我只是一時走了神而已，或者根本就是天生反應遲鈍呢？」

我滿意地咧嘴一笑——要是對方根本不去狡辯的話，哪怕是多麼精彩的推理，也會大為失色。

「溫小姐，」我摸了摸鼻樑，比劃出一個推眼鏡的動作，「您覺得，我為什麼要吻您的手呢？」

她思考了一會兒，然後倒吸了一口令我心花怒放的涼氣。

「難道說……」

「正是這樣，」我洋洋得意地說，「是氣味。」

為了彌補缺乏視覺的不足，經過多年的鍛鍊以後，我的聽覺、嗅覺、觸覺，甚至是第六感的直覺，都要比正常人敏銳了許多。就殘疾人而言，這是很常見的情形，好比埃勒里・奎因筆下那位耳聾的雷恩先生[7]，便擁有一雙能讀出唇語的如炬目光。

「從我剛剛踏進這個房間開始，我便察覺到有一種不尋常的氣味存在。雖然由於香水——橡木的主調，對吧——的干擾，我額外花了些時間才把它搞清楚。但毫無疑問，這是硝煙的氣味，而且，在您的手上尤其濃烈。能導致這種結果的，恐怕就只有……」

「由開槍射擊造成的火藥殘留。」毛蟲小姐主動供出了答案，「你是為了近距離確認這一點，所以才……」

7. 哲瑞・雷恩（Drury Lane）：美國偵探小說作家埃勒里・奎因（Ellery Queen）筆下的人物，於《X的悲劇》（The Tragedy of X）等作品中登場。

「是的，您的手背聞起來就跟中國農曆新年一樣。」

當子彈發射時，部分未完全燃燒的火藥顆粒同時從槍管中噴出，然後附著於射擊者的手上和身上。這便是在科學搜查中大名鼎鼎的硝煙反應，常用於檢驗嫌疑人是否曾經開槍。在實踐中，警方一般使用可變色的試紙來檢查硝煙反應，而我則擁有一套更加天然的系統。

「原來如此。」她苦笑了兩聲，「這可真是一個大失誤啊。」

「那麼，」我居高臨下地說，「現在可以請教您的真實身分了嗎？」

「嗯——如果你指的是我賴以謀生的工作，」毛蟲小姐輕描淡寫地說，「那麼，我是一名國際刑警，隸屬於中國國家中心局。」

我本來猜測，她大概是私人保鏢一類的人物，頂多不過曾經在軍隊或者警察部隊服役過而已。然而——

「就為這點兒雞毛蒜皮的事情，居然出動了國際刑警?!」我陰陽怪氣地說，「偉大的維特施泰因家族，勢力已經膨脹到了這種地步了嗎？」

「本傑明，請不要說那樣的話。」母親直呼我的全名，以此表達責備的意味，但她那怯弱的語氣顯然不具有任何說服力。

「坦白說，本，在途中保護你的人身安全，確實是維特施泰因先生拜託給我的任務之一。」毛蟲小姐道，「不過，我現在正處於假期當中，倒也算不上是國際刑警的身分。所以，你不必過於介意。」

「本，」母親無奈地說，「你可以理解的吧？萬一，有壞人以你為目標的話……」

「那這壞人就活該要倒大霉了。」

我冷冰冰地拋下這句話，輕輕扯動手中的繩子，伊莉莎白便立刻會意，扭頭朝門廳的方向走去。然而，我們的客人似乎卻遠沒有那麼機靈。

「那麼，」她竟恬不知恥地說，「你意下如何？你和我結伴到中國去的話，我想那會是一次非常有趣的旅程呢。」

「真的嗎？」我頭也不回，「您真的認為有任何理由，我還會願意這麼做嗎——就在您試圖那樣愚弄我以後？」

我的語氣足以表明這是一個反問句，因此並不期待對方的回答。然而，溫幼蝶卻還是回答了。

「我可以讓你實現這趟旅行的另一個目的——這個理由，你覺得怎麼樣？」

她說的是中文，因此不必擔心會被母親聽到。而我則不得不停下了腳步。

「您這是什麼意思？」我同樣以中文說道。

「沒什麼——」毛蟲小姐笑裡藏刀地說，「只不過，既然你擁有如此出色的推理能力，對於小光一案中的諸多疑點，恐怕也不太願意袖手旁觀吧？」

被戳中要害了，我暗忖。毫無疑問，她突然改用中文，正是看準了我絕不可能在父母面前承認這件事情——否則的話，天知道他們能有什麼反應。

「假設我對案件感興趣，」我不動聲色地說，「您能怎麼做呢？」

「要是那樣的話，當我們抵達目的地以後，你將擁有充分的自由進行調查；不僅如此，我們甚至可以合作解決這個案子——當然了，前提是你得願意與我同行，並且在涉及安全的問題上絕對服從我的指揮。很抱歉我這麼說，但你確實是個盲人，任何一家航空公司都不會同意讓你單獨登機。我倒是無所謂，但換了其他人，恐怕就不見得會給你提供這麼寬容的條件了吧？」

她說得沒錯，這一點我其實比任何人都更加明白。不過，就這樣輕而易舉地被她說服的話，似乎又太沒面子了。

「對不起，」我板著臉道，「我還是不太習慣和會欺騙我的人合作。」

「既然如此，」毛蟲小姐笑道，「那就不要合作了，改為競爭怎麼樣？內容自然就是這起『挖眼男童案』的真相，勝利屬於首先解開所有謎團的人——不用擔心，為了公平起見，在調查過程中我所看見的一切，全部都會如實地向你描述清楚。」

「不必了。」我倨傲地說，「相信我剛才已經證明了，我的耳朵和鼻子，有時候比您的眼睛還要好使。」

「好吧，不過要是你之後改變了主意的話，我仍然隨時樂意效勞——那麼，我可以當作你已經答應了嗎？」

「還有一個問題，」我不慌不忙地說，「您還沒有解釋，您身上的硝煙反應究竟是怎麼一回事呢？」

「唉，那是我幹的一件蠢事。」毛蟲小姐長歎了一口氣。「今天上午，我順道去拜訪了慕尼黑警察局的霍夫曼警督和梅耶警督——幾年前，我們曾經合作辦過一個案子。那裡上星期剛剛啟用了一座全新的射擊訓練館，他們邀請我去參觀了一趟——我怎麼可能知道，你長了一個比警犬更要命的鼻子呢？」

「原來如此。那兒有什麼好東西嗎？魯格[8]？」

「噢，比那更好。」她意猶未盡地說，「他們甚至還有好幾種輕型機關槍呢。」

8. 指魯格08手槍（Pistole 08 Luger，Pistole Parabellum 1908），由美籍德國人格奧爾格・魯格（Geoge J. Luger）於一八九八年設計，一九〇〇年投入生產，一九〇八年正式被德國軍隊裝備。此槍在兩次世界大戰中極富盛名，被盟軍視為最珍貴的戰利品，至今仍然是手槍收藏者爭相競逐的目標。

4

噠噠噠——噠噠噠——噠噠噠噠噠噠——

我被一陣猶如機關槍掃射的聲音吵醒了過來。伸手一摸，窗簾是打開著的，卻絲毫感受不到陽光照在身上的溫暖，這說明了天還根本沒亮。

「那個呀，那是胖爸爸在剁肉餡啦。」在東屋吃早飯的時候，何媽媽解釋道。「今天是大年三十了嘛，咱們晚上吃包餃子哦。」

哇——太棒了——大家於是一同發出歡呼。

「有韭菜雞蛋餡兒的嗎？」一個夾雜著口水流淌的聲音問。

「胡說什麼呢？」旁邊的同伴馬上大聲反駁道，「只有白菜豬肉餡兒的才好吃。」

「嘻嘻，我想吃三鮮的……」也有人自顧自地偷著傻樂。

除夕夜的早晨，就從這樣一片歌舞昇平的氣氛中展開。春節彷彿是一位慷慨的天使，即使是在這個被遺忘的角落裡，也會一視同仁地為人們灑下歡愉。

直到某種不和諧的聲音再度響起。

「樂樂，這回又怎麼了？」何媽媽問道。片刻前明朗的聲音宛若蒙上了一層陰霾，但她自己似乎並未注意到這一點。

原本只是在低聲啜泣的樂樂，此刻卻愈發顯得傷心起來，之後又順理成章地變成了嚎啕大哭。哭聲偶爾由於抽鼻子而被迫暫停，斷斷續續的嗚咽之間，隱約還夾雜了其他聲音。似乎是重複著的幾個詞，也許是個有意義的句子，但我卻無法分辨出來。

安撫樂樂的努力持續了大約十分鐘，然後毫無懸念地宣告失敗。

「你們繼續吃飯。」何媽媽無可奈何地交代道，「小茉莉，把妳自己的饅頭吃完，不許偷偷塞給阿大，聽見了嗎？」然後便匆忙帶著仍在哇哇亂叫的樂樂離開了餐廳。

嚴格地說，東屋並沒有專門的餐廳。我們所在的只是一個比較寬敞的房間，平時一般用作活動室，到了吃飯時間，較年長的孩子們便把原本分散的桌子拼到一起，於是變成大家可以圍坐在一起的餐廳。對我來說，謹記桌子在不同時刻的擺放位置，無疑是至關重要的。

咕嚕咕嚕，坐在對面的孩子正在用吸管喝牛奶，盒子已經接近空了；更遠些的位子上，有人把煮雞蛋往桌面上敲，梆梆梆，整整三遍才把蛋殼敲破。

除此以外，誰也沒有說話。表面上，大家確實都在遵照吩咐，規規矩矩地吃著早飯，沒有任何越軌的行為。

就算用手指頭想也知道，這當然是不可能的——他們只是在等何媽媽走得足夠遠罷了。

「賴哭包。」短暫的醞釀過後，一個歷來膽大妄為的男孩帶頭咕噥了一句，揭開了這場騷動的帷幕。

「哎喲，總算走了。」有人如釋重負般地附和道。

「簡直討厭死了，賴哭包。」一個嗓門尖細的女孩恨恨地說。

樂樂被授予這個恰如其分的外號，已經頗有一段時間了。自從去年秋天來到孤兒院後，其撕心裂肺的哭鬧就幾乎成了每天深夜必定上演的一幕，短則十多分鐘，長則達一小時有餘。連日來，大家因為睡不好覺而積聚下來的怨氣，就如同今晚即將響徹天際的爆竹，在除夕夜的早晨炸開了鍋。

在一片口誅筆伐的熱烈氣氛中，我獨善其身，只是專心致志地啃著小茉莉遞過來的饅頭。不妙的是，這麼一來，或許便造成了不夠合群的印象。

「對了，還是阿大好啊。」尖嗓門的女孩像是充滿羨慕地說，「住在教堂那邊的話，不管賴哭包有多吵，也一定什麼都**聽不見**吧？」

其他人這時也一齊安靜了下來，彷彿都在期待著我的回答。

然而我立即便意識到，事實並非如此。不遠處，正潛伏著一股異樣的氣息，猶如暴風雨來臨前的壓迫感，讓七嘴八舌的鳥兒們停止了歡快的吱喳。

「在說些什麼呢？」一個聲音就從耳畔響起，讓我嚇了一跳。

不知道什麼時候，張媽媽竟已站在了我的身後。我大為懊惱，她的腳步聲固然很輕，周圍也確實嘈吵，但要是我的精神足夠集中的話，絕不至於連半點動靜也察覺不到。

大概是因為除夕夜的關係，張媽媽的語氣和藹，似乎並沒有要批評誰的意思——倘若換到平時，不認真吃飯而高聲談笑，那是一定會被責備的。當然，就算是這樣，也不會有人愚蠢到去回答她的問題。餐廳裡頓時變得鴉雀無聲，和片刻前的喧譁形成了鮮明的對比。

「樂樂的爸爸，以前經常要上夜班，就連過節也不例外。」張媽媽又自言自語般說道，「所以，每逢大年三十，家裡人都是在早上就吃餃子的呢。」

即使以我此時的年紀，也不難聽出這句話的弦外之音：樂樂只是因為想爸爸媽媽了，所以會哭也是情有可原的吧。然而，對於那些深受其害的同伴們來說，這個理由似乎尚不足以獲取他們的認同。

「人家小茉莉從來就沒有爸爸媽媽，可也不會一天到晚哭個沒完的嘛……」剛才帶頭的男孩舉出類比和反證，有理有據地抱怨道。

「有些東西，如果從來沒試過擁有的感覺，反而不會承受失去的痛苦。」張媽媽意味深長地歎了口氣，「等你們長大以後，或許就會明白了。」

餐桌旁略微泛起了一片不滿的聲音。由於大人的溫吞態度，孩子們也就變得肆無忌憚了起來。

張媽媽也感覺到了這一點，語氣上便顯得嚴肅了一些。「總之，樂樂是我們這個大家庭中的一員，所以大家都要相親相愛。」她不容置疑地說，「以後，誰也不許給樂樂亂起外號，明白了嗎？」

「明白……」連同我自己在內，只得有氣無力的零星幾把聲音。

「一起回答！大聲點兒！」

「明白——」

「嗯。」張媽媽這才滿意地說，「那麼，早飯都吃飽了嗎？今天咱們要做大掃除，可是沒有時間吃午飯的哦——那個，小茉莉，妳是自己把饅頭吃完的嗎？」

「是呀。」小茉莉不假思索地回答道，宛若風鈴般天真無邪的聲音。

說謊大概本來就是人類的天性——從牙牙學語到蹣跚習步，就連喝水吃飯，我們也必須經過教導才會懂得如何去做，唯獨在這件事情上卻可以無師自通。然而，只有那些被挑選的人，才擁有識破謊言的能力，那是一種天賦。

張媽媽顯然並不具備這方面的天賦，因此她毫不吝嗇地表揚了小茉莉一番。之後大家開始收拾餐具，把桌椅復原成活動室的擺放方式，與此同時，張媽媽則就大掃除的各項安排有條不紊地佈置了一遍。

在孤兒院裡，每個人都可以找到自己力所能及的工作。除了在廚房裡忙得不亦樂乎的胖爸爸以外，就連馬丁神父也參加了勞動。所有大人，加上兩個在上中學的大哥哥，他們負責擦窗戶，清理日光燈和吊扇等等；小學生們的擔子也不輕鬆，除了拖地板以外，還要把全部床單被罩都換洗一遍；至於我們這些學齡前的孩子，則分配到了擦擦桌椅之類較為簡單的任務。

「只有勤勞的孩子，晚上才有餃子吃哦。」張媽媽以此作為大掃除動員會的總結語。

我的情況比較特殊，因為「你不知道桌子哪裡是髒的」而乾脆被晾在了一邊。不久，張媽媽發現我悶悶不樂的樣子，便體貼地讓我去當小茉莉的助手——每隔一段時間，小茉莉就把手裡的抹布遞給我，我在水桶裡搓洗一下，擰乾後再交還給她。張媽媽似乎認為，這項工作會讓我的情緒高漲起來，但實際上並非如此。

「這桶水已經髒了耶。」幾個來回後，我把洗過的抹布交給小茉莉時，她這麼說道。

「髒了嗎？」

「是呀，都快變成黑色的了。」她一本正經地說，「張媽媽說，這時候就要去再打一桶水回來才行哦。」

小茉莉雙手握住提把，吃力地往上提，但金屬製的水桶只是略微抖動了一下。相對她瘦小的身軀而言，那無疑是過於沉重了。

「讓我去吧。」我不由分說地奪過提把，一手拎起水桶，一手扶著牆壁，徑直朝水房的方向走去。水在桶裡晃蕩，伴隨著我搖擺的腳步，演奏出一串微弱的嘩啦嘩啦。我不得不沮喪地承認，黑色的水所發出來的聲音，和清水確實沒有任何兩樣。

畢竟，顏色是只能夠被**看見**的啊。

我意識到視覺的存在，以及自己無法運用這一感官的事實，大約是在去年聖誕節前後的事情。到了現在，對於相關的概念，我已經可以說是相當熟悉了。

身邊傳來梯子的吱呀和雞毛撣子的啪啪聲，與此同時，幾顆灰塵飄到了我的臉上。我直覺危險正在迫近，立即敏捷地閃往一旁，堪堪避過了隨後轟炸下來的大量塵土和蜘蛛網。

「哎喲！」何媽媽在頭頂上叫道，「阿大，對不起啊，我不知道你在下面。」

「我沒事。」我躲在塵埃降落範圍以外的地方，衝著聲音的來源齜牙一笑。最近，我幾乎逢人都要練習表情的運用——雖然我看不見其他人的臉，但卻可以通過這種方式來進行表達——新鮮的事物總是非常有趣。

「你這是要去哪裡？」

我舉起手中的水桶，「水髒了，我去打水。」

「這麼能幹啊？」何媽媽咯咯地笑著說，「那當心別要摔跤了哦！」

沿著牆壁摸索，我從活動室的角落進入東屋的大走廊。大走廊位於東屋的西隅，側面是一整排通往院子的窗戶。白天，由於充足的陽光照射，這裡總是比別的地方更暖和些，在寒冬中讓人感覺十分舒服。

大走廊的盡頭是幾間寢室，密密麻麻地擺滿了雙層的鐵架床，除我以外，其他孩子全部都睡在那兒。水房則位於大走廊的中段，兩旁還排列著好幾扇門，分別是浴室和廁所。廁所自然不必多說，浴室也永遠散發著香皂的氣味，於是，我毫無困難地走進了正確的那扇門。此刻水房裡並沒有人，小學生們已經把洗好的床單拿到院子裡去晾了，隔著窗戶，能聽見他們嘻嘻哈哈的笑聲。長滿鐵銹的水管從門後冒出，穿過帶著塑膠蓋子的水錶，在牆角拐了一個九十度的彎，然後接入並排在一起的四個水龍頭。

我倒掉髒水，估摸著把空桶放到水龍頭的正下方，輕輕一擰，自來水便如湧泉般噴射而出，擊中金屬的桶底，宛若一陣鼓鳴。我把手腕擱在水桶的邊沿，手掌按著桶的內壁，當冰涼的水剛好沒過指尖的時候，我關上了水龍頭。

提起這一桶清水，我的心情竟也瞬間變得輕快了起來。手中的水桶彷彿沒有重量似的，我飄飄然地邁出一步，徑直沿原路返回——小茉莉肯定已經等得不耐煩了——

就在這時，右腳傳來一陣麻痹，我踢中了某個剛才並不在那裡的東西。

身體一下子失去了平衡，我不由自主地往前撲去，水桶從手中飛脫而出，哐的一聲撞上了牆壁，裡面的水頓時全灑了出來。我還沒來得及惋惜那新鮮的清水，便只感到鼻子一陣劇痛，腦袋已經狠狠地砸到了地上。

——雜亂無章的腳步聲，在四周紛紛響起。

我坐在濕漉漉的地上發呆，半邊身子幾乎是泡在了水裡。

——似乎還有很多人在呼喊著我的名字。

臉上還有水在不住地往下滴。我下意識地伸手去摸，那水竟是溫溫熱熱的，其中兩滴滲進了嘴裡，滿是一股腥鹹的味道。

緊接著，我又連自己是否依然坐著都分不清了。一陣劇烈的暈眩襲來，我只感覺頭痛欲裂，什麼都聽不見了，耳畔只剩下一串嗡嗡嗡的聲響。

5

惱人的嗡嗡聲構築成了一個密不透風的繭，把我層層圍困在中央。頭痛變得愈發嚴重，腦裡彷彿住了一條不安分的蟲蠶，正在顱腔內不斷蠕動生長，伺機要從太陽穴的裂縫間鑽將出來。

差不多還有三個小時——我掰著手指，毫無意義地心算道。歐洲中部夏令時間昨晚七點二十分，漢莎航空的LH722航班從慕尼黑出發，預計將於目的地時間今天上午十點五十五分抵達北京。

舷窗之外，空中巴士A340型客機猶如一隻黃色仙鶴，在歐亞大陸上空飛掠而過。四組渦輪噴氣引擎，彷彿耀武揚威般地發出巨大轟鳴。對我來說，這無疑就意味著睡眠根本只是癡心妄想——事實上，現在也應該算是清晨了。溫幼蝶之前打了一會兒呼嚕，此刻早已一覺醒來，正在津津有味地嚼著一塊椒鹽捲餅。吧唧吧唧的聲音從鄰座傳來，就像是故意嘲笑我所經受的煎熬。

要是給我一捲膠帶來封住那張嘴該多好，我恨恨地想道。

那位不識時務的空中小姐，偏偏在這時候又冒了出來，以及她那輛明擺著就是要跟我過不去的手推車，一併停在溫幼蝶身旁的過道上。哐啷哐啷，手推車上發出一陣聲響，顯然是滿載而來。

「女士，請問您要喝點兒什麼嗎？」

溫幼蝶又點了一杯橙汁，這是自早飯以來的第二杯了——不，應該說，她一路上都在喝這個，就好像那手推車上只有橙汁和氰化鉀溶液一樣。

「您呢，先生？」空中小姐以一種百折不撓的精神問道。

我僵硬地搖了搖頭，已經數不清這是第幾次了。不久前，我就是這麼拒絕了那份聞起來很誘人的早餐；昨天起飛後供應的晚餐、偶爾發放的零食，以及各種飲料也是一樣——並非這些東西不合我的胃口，而是實在有著不得不這樣做的理由。

七個半小時以前，在弗朗茨．約瑟夫．施特勞斯機場[9]，伊莉莎白準確無誤地把我帶到了殘疾人專用衛生間。之後我蹲下來擁抱了她，輕撫她背上如絲綢般光滑的毛髮，茜茜則親暱地把頭搭在我的肩膀上，用她那柔軟的大耳朵磨蹭我的臉頰。魏默太太強行把她牽走的時候，茜茜從喉嚨裡發出了幾聲令人心碎的悲鳴。以導盲犬的矜持，若非彷徨至極，是絕對不會隨便吠叫的。

一陣悵然若失的感覺驀地從心內升起。除了分離的傷感以外，和伊莉莎白的告別，還意味著我必須開始面對某些更加現實的問題。

即使在這個殘疾人權利得到高度重視的時代，普通的民航飛機之上，仍然沒有為盲人服務的專門設施。細小而且缺乏輔助指示的衛生間固然是惡夢；而在此之前，摸著每排乘客的腦袋穿過那狹長的走道，恐怕也不是什麼愉快的事情。

要想避免這種尷尬的情形，放棄一切飲食顯然就是最有效的方法。

饒是如此，經過不眠的一夜以後，膀胱也早已蕩漾著充盈的尿意。飢餓的感覺雖然在昨晚一度消失，但隨著其他乘客開始享用豐盛的早餐，此刻卻愈發變本加厲，不斷地折磨著我那空空如也的胃囊。

溫幼蝶幹掉了椒鹽捲餅，打開餐盒內作為主食的三絲炒麵，一股中國菜特有的香氣撲鼻而來。在來往歐洲和中國的航線上，航空公司大多提供中式和西式兩種主食，以迎合不同乘客的需要。

「你不吃早飯對身體可不好呢。」溫幼蝶嘴裡塞滿了食物，含混不清地說。

這真是哪壺不開提哪壺。我正鬱悶間，卻又聽她道，「想上廁所的話，不如就讓蝶姨帶你去吧。」

甫在出發之前，溫幼蝶便強迫我今後須稱她為「蝶姨」，還美其名曰，這樣旁人看來才不容易起疑。我雖然不忿被她佔了輩分上的便宜，但這女人終究是要比我年長幾歲——國際

9. 慕尼黑機場（Flughafen München）的別名，並非官方名稱。弗朗茨・約瑟夫・施特勞斯（Franz Josef Strauß）是德國政治家，曾任巴伐利亞州州長，也是空中巴士公司的創始人之一。

刑警只會從有經驗的現役警員中挑選，如果她在好幾年前就曾和德國警方有過合作的話，現在至少也已接近三十之齡。反正這是兩敗俱傷的事情，既然她心甘情願顯老，我也就不去計較，也算是當初她裝嫩騙我的報應。

以溫幼蝶的心機，當然早就洞察了我不吃不喝的原因。

「我不想去。」我按著肩膀，手臂用力拉伸，希望緩解由於長時間僵坐在這窄小座位而造成的肌肉痠痛。

「別不好意思哦，」她不懷好意地笑道，「在蝶姨面前沒什麼好害羞的。」

我心道那樣的話我還不如直接從這飛機上跳下去算了。當下不再搭話，重新打開了放在面前桌板之上的小說，右手三根手指從頁面上輕輕掃過，希望藉此分散一點兒注意力。

「你在讀什麼書？」溫幼蝶卻不依不饒地問。書自然是用盲文印刷的，在普通人看來，無非就是一堆不知所云的圓點兒罷了。

「《見鬼的愛情》，一本推理小說。」我沒好氣地回答，滿以為她會覺得無趣而甘休。

「作者是夏亞軍？」完全出乎意料，她反而一下子來了精神，「這本書不是要到九月才出版嗎？」

「正式出版確實是在九月。」我只好不厭其煩地解釋，「不過我爸爸在出版社有熟人，所以提前要來了原稿，這是通過軟體轉換成盲文後再列印出來的。」我頓了頓，又不禁奇道，「難道妳認識這個作者？」

即使僅限於推理小說領域，夏亞軍都算不上什麼出名的作家，更遑論暢銷。我之所以會對其作品有所涉獵，一來是因為我確實對推理小說情有獨鍾，二來則是我的閱讀量要遠遠高於一般人——他們可以輕易沉迷於PlayStation和XBOX，或者在iPad上慘無人道地投擲小鳥，閱讀卻是我唯一的樂趣。

溫幼蝶遲疑了一下，才沉聲道，「不，是**另外那個傢伙**。」

我馬上便明白她指的是方程博士，這一系列小說裡的偵探角色，其職業是心理學家，雖然對破案毫無熱情卻總是因為超強的推理能力而洞悉真相。方程和夏亞軍是同窗好友，二人大致就是福爾摩斯和華生、波洛和赫斯廷斯的關係，屬於經典但缺乏新意的設定。

「我還以為那只是虛構出來的人物呢。」

「要是那樣的話就好了。」溫幼蝶無奈哂道，「那個，這次**他**又幹什麼了？」

我不由得注意到，連續兩次，在本該說出「方程」這個名字的時候，她都只是使用了代詞。

「這本書不是從夏亞軍本人的角度來講述的，」我據實相告，「所以大概方程博士也不會登場吧。」

「是嗎……」溫幼蝶似乎大失所望，為了掩飾不自然的沉默，又咕嘟一聲，把那杯橙汁一飲而盡。

「妳和方程博士是朋友嗎？」我試探性地問道，卻心知肚明，事情絕不可能如此單純。

「呵呵，」她淒然一笑，「恐怕，應該說是仇人才對吧。」

語氣間竟顯得頗有些悲涼。我好奇之心大盛，渾身不適的感覺登時拋到了九霄雲外，只是苦於還沒想到該如何旁敲側擊。

「我發給你的那份調查報告，」溫幼蝶卻搶先一步說道，「你已經全部讀完了嗎？」

我當然知道她是在故意轉換話題，但畢竟這個才是我們此行的既定任務，也就只好點了點頭。兩天前，溫幼蝶給我發來電子郵件，附件為當地警方對小光一案的調查報告，大概是以此來表明她信守諾言的誠意。

「坦白說，並沒有太多新鮮的信息。」在語音朗讀軟體的輔助下，我早已通篇仔細閱讀了多遍。

「的確如此，」溫幼蝶表示同意，「如果一直有留意相關新聞的話，大致的內容應該已經掌握得差不多了。」

由於社會對本案的高度關注，媒體在報導的時候自然也是不遺餘力，有些網站甚至在一天之內便上線了兩位數的文章。村子裡面事無巨細，但凡是和案件沾得上一點兒邊的，幾乎全都被挖了個底朝天。

小光遇襲後僅僅過了一個星期，當地警方便堪稱神速地宣佈本案已經告破。兇手被認定為小光的姑母王禧娣——這個名字只在警方內部檔案中才首次出現，普通新聞裡則一律使用化名。因此，要說溫幼蝶輾轉弄來的這份報告毫無用處，那倒也有失公允。起碼能夠提前瞭解涉案人物的真實姓名，今後開展調查的時候就會方便不少。

關於王禧娣是兇手的結論，警方在報告中指出了以下幾項關鍵事實：

第一，當警方搜查王禧娣住宅的時候，從床底下發現了一件粉紅色的女式上衣，上面沾有多處血跡。經過化驗，確定這些血跡均屬於被害人王曉光，同時，衣服的表面還附著有王禧娣本人的毛髮。這被當作是最重要的直接證據。

第二，案發當天被送院後，從小光的血液裡檢查出了安眠藥的成分——這也解釋了他被發現的時候昏迷不醒的原因。而王禧娣因患神經衰弱，有長期服用安眠藥的習慣。進一步的化驗則表明，警方從她的藥瓶裡取得的藥片，與小光體內的藥物成分幾乎完全相同。

第三，案發當天下午，有多名兒童目擊小光自願跟隨一名女子離開。儘管未能明確指出其身分，但基本上可以確定犯人為女性，同時也應該是小光所熟悉的人物。遺憾的是，由於藥物和驚嚇的雙重影響，小光自己對此記憶模糊，甚至不記得被帶走的經過，回答警方詢問的時候也多次出現前後對應不上的情形。

第四，當被詢問到不在場證明的時候，王禧娣表現出來明顯的猶豫不決，在警方的再三追問之下，才吞吞吐吐地說是一個人在家中睡覺。然而，一位鄰居因為要歸還早前所借的東西，恰好在當天下午先後兩次敲過她家的門，期間相隔約兩個小時，但均無人應答。

第五，案發前兩天，王禧娣和小光的父親王禧年在村裡大吵了一架，此事不少村民均可以證明。爭吵的原因是小光的爺爺目前住在縣城的敬老院，在相關費用的分擔問題上，姐弟二人產生了矛盾。警方認為，這是王禧娣作案的導火索；另外，她和丈夫結婚多年卻始終沒有子嗣，對弟弟一家的嫉妒，也可能成為其行兇的深層動機。

第六——從某種意義上說，這可能是最重要的一點——在小光遇襲後的第五天，王禧娣突然失蹤。數小時後，她在村裡的一口井中被人發現，已經氣絕身亡。此前一天，王禧娣剛剛接受了警方的新一輪傳訊，期間神色慌張，情緒極不穩定。因此警方相信，王禧娣是由於畏罪而投井自盡。

法醫報告顯示，小光眼睛的傷口是由某種「不鋒利但尖銳堅硬的物體」所造成。以此為依據，警方進一步還原了案件的始末：當日下午，王禧娣從村裡帶走小光後隨即前往後山，先是餵他吃下安眠藥，待其熟睡後再加以傷害，兇器則是現場隨手可得的樹枝——那正是雖不鋒利卻尖銳堅硬的東西。

顯而易見，這個結論是存在漏洞的，各種不合常理之處堪稱汗牛充棟——單單從動機來看，一邊只是雞毛蒜皮的金錢糾紛，另一邊則是滅絕人性的殘忍暴行，這本身就是一對巨大的矛盾。由於眾多疑點沒有得到解釋，輿論幾乎是持一邊倒的質疑態度，社交網路上面更是罵聲不絕於耳。絕大多數的意見認為，王禧娣只是警方用來轉移公眾視線的替罪羊，真正的兇手仍然另有其人。

因為擁有血跡這項重要物證，警方並沒有輕易在壓力下屈服，始終堅持本案已經了結。與此同時，媒體則成為了替王禧娣辯護鳴冤的主要舞臺。

具有諷刺意味的是，首先挺身而出的，正是和她爭吵的弟弟，小光的父親王禧年。他聲稱二人只是有一點兒意見不合，而且無論如何，姐姐都絕對不可能傷害小光。小光的母親劉麗雖然不如丈夫一般斬釘截鐵，但她也同意，王禧娣平時為人溫和，更十分疼愛小光，不應該會做出這種傷天害理的事情。

王禧娣的丈夫，即小光的姑父李順，則聲淚俱下地控訴說妻子是被真正的兇手殺害的。不言而喻，正是由於警方毫無根據的懷疑，才會讓兇手覺得有機可乘——只要在王禧娣經過井邊的時候輕輕推上一把，便可以偽裝成畏罪自殺的假象。至於那件沾了血跡的上衣，無疑也是兇手精心栽贓的，理由是李順從來沒有看見妻子穿過這件衣服，對於年近不惑的農村婦女來說，鮮豔的粉紅色顯然是過於新潮了。

出乎意料地，對於這件事情，警方處理得相當圓滑大度。他們從王禧娣的衣櫃裡取出來十件衣服，和另外十件女性服裝混在一起，再讓李順去逐一分辨，整個過程皆有媒體記者作為監督。結果是，在屬於妻子的十件衣物中，李順僅僅認出來了三件；其他的衣服中反倒錯認了一件。於是不費吹灰之力，便將其證言的可信度徹底摧毀。

事實上，李順長期在鄰近的縣城裡打工，平均每個月在家的時間不超過五天。所以，警方才會對這個實驗如此胸有成竹。有記者乾脆徹底轉變立場，又把焦點引導至王禧娣接受傳訊時的可疑表現——倘若真是問心無愧的話，那她到底在害怕什麼呢？

已經受到了一次挫折的李順，對此只能不令人信服地回應為，妻子本來就十分膽小，被那些惡狠狠的警察盤問，會不自覺地驚慌失措也很正常。加上王禧娣長年受到神經衰弱的困擾——自從那年目睹小燕出事以後，她一直都沒能從陰影中恢復過來，時常還會獨自靜坐發呆，假如被人打擾了，便嚇得魂不守舍。就這麼軟弱的一個人，有能力實施那種光是想像便令人覺得恐怖的犯罪嗎？

「報告裡面連一句話都沒有提到小燕的事情呢。」我隨口說道，並不刻意去掩飾語氣裡的不滿。

「你還不太瞭解警方的辦事方式。」溫幼蝶解釋道，「沒錯，其中確實是有些巧合，但畢竟還是完全獨立的兩個事件。除非有證據顯示，這跟本案存在直接的聯繫，否則警方是不會寫進調查報告裡的。」

小燕就是小光的姐姐王曉燕。如果不是那場意外的話，現在她應該已經年滿九歲了。

五年前的那一天，當時小光還是不足週歲的嬰兒，王禧年夫婦新近添丁，自然都是喜上眉梢。劉麗把襁褓中的兒子抱在懷中，慈愛地看著小傢伙吮吸乳汁時的滿足模樣；王禧年則忙裡忙外，除了每天下地幹活以及照顧年邁的父親，還將許多原本由妻子負責的家務都包攬了下來。

分身乏術之下，多少便有些忽略了四歲的女兒。

只不過一瞬間沒留神，劉麗再回頭時，卻發現小燕已經偷偷溜了出去。她倒並不擔心，反正在村裡也不會迷路，就算真的找不到家了，也會有人幫忙把她帶回來的。

她怎麼想得到，小燕竟會一下失足，掉進那暗無天日的井裡呢？附近的幾名村民立即組織救人，但無奈井深水寒，等小燕被打撈上來以後，已經是渾身冰冷，回天乏術。

「因為只是一次單純的意外，」溫幼蝶又道，「所以當時並未立案，也就沒有留下任何調查記錄。」

真是太可惜了，我暗忖。直覺告訴我，五年前小燕的意外，和這次小光的案件，以及王禧娣的離奇死亡之間，必然存在某種聯繫。

因為王禧娣的屍體，正是在五年前小燕掉進去的那口井裡被發現的。

濃郁的香水氣味飄進鼻孔，那位煩人的空中小姐又過來了。

我做好再一次搖頭拒絕的準備，她卻不由分說地把東西放到我的面前。伸手一摸，是一張小紙片和一個裝在塑膠袋子裡的小玩意兒。

與此同時，機艙廣播響起了乘務長的聲音：

「女士們，先生們，現在我們正為您發放中國入境卡，請如實填寫後，於機場入境大廳交予邊境官員。北京今天天晴，地面溫度攝氏三十二度，華氏九十度……」

「把你的護照給我，」溫幼蝶倏地從我的手裡抽走了那張紙片，「我來替你填吧。」

「我自己又不是不會寫字。」我微惱道。為了學習像正常人那樣書寫文字，我付出了極為艱苦的努力。

「是嗎？那你來指給我看，你的名字應該填在哪裡？」

我摸了摸那入境卡的表面，端的是平坦光滑，遂無言以對。心裡大罵這個設計者，竟然沒有在旁邊加上盲文。

「妳為什麼不先把自己的填好？」

「噢，」她不無得意地說，「我是中國公民，所以不需要這個。」

「真不公平。」我嘟囔著，從隨身包裡掏出護照遞了過去。

「別擺出一副被欺負了的樣子嘛，」溫幼蝶笑意盈盈，「剛才人家空姐不是還送了你一個小禮物嗎？」

我不服氣地哼了一聲，摸索著拆開了那個小塑膠袋。裡面裝有一個硬幣大小的金屬環，一側連著幾環鐵鍊，顯然是個廉價的鑰匙圈。鐵鍊的另一端繫著一個硬邦邦的塑膠方塊，形狀是標準的六面長方體，但稜角均經過了圓化處理，五個表面也被打磨得十分光滑。

剩下的那一面，則如同刀砍斧劈出來的一般，縱橫交錯地盤踞著好幾道深陷的刻痕。

6

沿著方塊表面的刻痕，我一邊緩緩移動指尖，一邊用心去感受它的形狀走向。瘦削的筆劃猶如樹木的枝條，在我的腦中逐漸生長重現，最後構築成為一個漢字的影子。

方塊上刻著的是一個「西」字，也就是《西遊記》的那個「西」，和「四」字的樣子很相似，只是多出了頭頂上的一部分。近來每逢傍晚，只要教堂的鐘敲響了四下，大家便立刻蹲坐在電視機前，收看連續劇《西遊記》的重播。幾名年紀稍長的孩子，因為之前已經看過數遍，便在一旁充滿優越感地進行劇透；這麼一來，即使是單單靠聽的我，也能搞清楚大致的情節——昨天剛好演到火雲洞，孫悟空和紅孩兒乒乒乓乓地亂打一通，最後還是請來了觀音菩薩作為救兵。

我再次牢記「西」字的形狀，然後把它扔回面前的方塊堆裡。

興高采烈的聲音從活動室的另一邊傳來——大概是到了元宵節的關係，原本已經漸趨沉寂的新年氣氛，今天又再次迴光返照。從清早開始，大家便團團圍住了何媽媽，在她的匠心獨運之下，哪怕是舊報紙、空塑膠瓶和包裝盒之類的材料，都能設計成為別具特色的燈籠——當然，最後還是得親自動手製作。幾個不安分的傢伙更躍躍欲試，偷偷摸摸地做出了幾只彈弓，目標自然是晚上，外面的孩子們將會帶到街上來的高級燈籠。遺憾的是出師未捷，便被火眼金睛的張媽媽給沒收掉了，不消說還得搭上一頓訓斥。

像往常一樣，由於眼睛的問題，我被隔離在這場熱鬧的快樂以外。不過我正沉迷於面前這一堆刻有漢字的方塊，因此倒也並不介意。

有人一路走了過來。但步韻緩慢而凌亂，似乎顯得頗為躊躇。

「你、你有燈籠嗎？」來人以一種奇怪的沙啞聲音問道。

我正伸出了手，準備去抓另一個方塊，此刻只好僵硬地懸停在半空。

「那，這、這個送給你。」對方沒等我回答，便強行往我的手中塞了一個東西。

我上下摸索，那是一個長條形的硬紙盒，仍然釋放出微弱的牛奶味。盒子中部被豎直切開，一片片窄長的紙條往外凸出，變成一個充滿縫隙的橄欖球形。盒子頂上綁著粗棉線，然後掛在了一根細竹竿上。不必多問，這肯定是何媽媽的傑作之一。

「對不起！」來人突然開口道歉。破銅鑼般的聲音簡直不像是由小孩子發出來的——或許，是因為哭壞了嗓子的緣故。

「大年三十那天，是我在水房把你絆倒的，對不起。」彷彿是終於鼓足了勇氣，竟也不再結巴了。

「我知道。」我輕輕點頭。

「怎麼可能？」對方大為詫異，「是誰告訴你的？」

「沒有人。」我輕輕搖頭。

「那、那你怎麼知道是我？」結巴隨著驚恐又回來了。

我不由得回想起去年除夕的那一幕。我提著滿載清水的水桶，就沿著和來時完全相同的路線往回走，卻被結結實實地絆了個倒栽蔥——頃刻之前，那裡還是暢通無阻。所以，必定是有人趁我在全神貫注打水的工夫，偷偷溜進了水房埋伏。而水花擊打鐵桶的美妙節奏，則恰好掩蓋了這人的腳步聲。

犯人除了樂樂以外，不可能有別人了。

當天早飯吃到一半，樂樂便被何媽媽先行帶離了餐廳，因此也沒有分配到大掃除的任務。不久以後，我又在大走廊前遇到了何媽媽，她爬上了梯子，拿雞毛撣子打掃某個高高在上的東西——可想而知，當時附近並沒有其他人在，否則的話，她也不會肆無忌憚地把大量灰塵轟炸下來。

也就是說，在那個時刻，樂樂是整個東屋裡面唯一行蹤不明的人。

而且——

「因為有韭菜的味道啊。」我平靜地回答道。

韭菜的氣味特殊而強烈，極為容易辨認；吃了韭菜的人，在一段時間之內，身上也會散發出同樣的氣味。當我失去平衡，在空中向前撲倒的一剎那，水房裡便彌漫著那種七分香三分臭的氣味，就算捂住鼻子都能聞到。

大年三十的早飯雖然較平常豐盛一些，但也只有牛奶、雞蛋和饅頭，午飯則因為大掃除的關係被取消了。說起韭菜，自然會立即令人聯想到廚房裡面的餃子。問題在於，那是作為年夜飯而準備的，一般情況下，誰也不可能在那之前染指——事實上，正是由於擔心失去吃餃子的資格，沒有人敢在大掃除中稍遺餘力。

然而不過片刻，我卻以自己的鮮血證明了，例外其實一直都存在。騷動之中，我被七手八腳地抬到了床上，張媽媽拿蘸了碘酒的棉花球替我清洗傷口，火辣辣的痛。不久，胖爸爸笑嘻嘻地端來了一碗韭菜餡兒的餃子——那是專門為我而提前下鍋的，張媽媽則說，韭菜有止血止痛的功效。

相同的例外，在當天較早的時候，必定已經出現過一次。

目的不難猜測，只可能是為了對付樂樂那連綿不斷的啼哭。於是，在除夕夜的早晨便將喜氣洋洋的餃子奉上，以營造出昔日在家過年時的氣氛。

這一招應該是奏效了，因此，何媽媽才得以脫身參加大掃除。

如此一來，樂樂便有充分的時間對我進行偷襲。水房隔壁就是廁所，如果事先躲在那裡的話，身上韭菜的氣味便會被其他氣味蓋過，即使是我也難以察覺。之後趁著一片混亂，注意力都集中在我身上的時候，要逃離現場也不是什麼難事。

只有一個問題，是我至今還沒能想明白的。

「為什麼？？」我遽然而起，幾乎就和比我大兩歲的樂樂一般高。相比起氣憤和委屈的感覺，好奇心反而佔據了上風。

「那個……」樂樂猶豫了一會兒，反問道，「你不痛嗎？」

「痛啊。」我伸手摸了摸額角，傷口在那裡已經結成了痂，輕輕一碰便痲癢難當。

「可是，你為什麼沒有哭？」

我恍然大悟，彷彿一塊壓在胸口的石頭忽地化作了青煙，說不出的輕鬆暢快。得意忘形之際，竟忍不住開懷大笑，所有的疑惑登時一掃而空。

——如果不想被別人叫作「賴哭包」，可以怎麼做呢？

——最好的辦法，無疑是製造出另一個賴哭包。

只要能把某個孩子弄哭，理所當然地，賴哭包的名號就應該轉嫁到他的頭上。從樂樂的角度來看，那個必須扶著牆走路的傢伙，也許會比較容易對付吧。

也許是被我的笑聲吸引，又有一個腳步聲正在朝這邊走來。樂樂愣了一下，然後迅速地跑掉了。若有若無的牛奶味悠悠飄來，我忽然意識到，這還是我們初次面對面的交談。

「嗬嗬，阿大。你好像很高興嘛。」

馬丁神父拍了拍我的肩頭，蒼老的聲音裡透露出歲月的痕跡，而又抑揚起伏，充滿著妙趣橫生的韻律。

「神父！」我挾著興奮的餘勁叫道，「您給我帶來新的了嗎？」

「嗬嗬，這麼說，你已經把這些字全部認會了？」

我二話不說，隨手抓起一個方塊，拇指輕輕滑過刻有漢字的那一面。

「『三萬』。」我做出斷言。同時把方塊在桌子上翻開，正面朝上，以便讓馬丁神父能夠看得清楚。「『九萬』——『中』——『七萬』。」又一口氣接連翻開了好幾個方塊。

「哇喔，都對了呢！」

「嘿嘿。」

「這個『萬』字，你連它的筆劃也記住了嗎？」

我略一遲疑，有點兒沮喪地搖頭道，「沒有，好複雜啊。」

無論我怎麼嘗試，頂多也只能記住「萬」字的輪廓。至於筆劃，相鄰的兩道刻痕之間，幾乎是不留縫隙地緊挨在一起，教人完全無法分辨。對於現在的我來說，像是東屋的「東」字這種程度已經是極限了。

不過，這些方塊有個顯而易見的規律。凡是刻有兩個字的方塊，下面的都必然是「萬」字。因此，只是要正確識別的話，倒也不成問題。

「喃喃，確實是很複雜呢。」馬丁神父寬容地笑道，「那麼，我們還是從簡單一點兒的開始好了。」

啪嗒。似乎有一個盒子被放到了桌面上。

「試試看吧？」神父說著，把某個東西推往我的手邊。

我剛拿起來，便驚奇地發現那並不是一個方塊，表面上也沒有刻痕。柔軟的塑膠裡面似乎是空心的，用力一按便會輕微變形。應該說，它近似於三角形，但其中一條邊彷彿偷偷縮了進去，顯得另外兩邊均凸出來了一截。確實是非常簡單的結構。

「這是『A』。」不等我發問，神父主動解釋道。

「『A』字……」我喃喃重複道。想不出來，到底有哪個字是唸「A」的。

「唏唏，『A』可不是漢字，它是一個英文字母。」

「英文？」

「是的，我的孩子。你要知道，在這個世界上，可是有好幾百種語言呢。比如說，在中國，人們說的就是中文；需要書寫的時候，便會使用漢字。」

「那，英文就是在英國說的嗎？」

我曾經聽張媽媽提起過，馬丁神父是英國人，所以說起話來才會像唱歌一般。

「完全正確。不過除了英國，美國、印度、加拿大和澳大利亞，還有不少其他國家都是使用英語的。可以說，英語是目前世界上最盛行的語言。也有許多人，他們能說兩種以上的語言——唏唏，聽起來很棒吧？」

「可是，」我皺起眉毛，「我還沒學會漢字呢。」

現在，就連小茉莉都已經認識阿大的「大」和小茉莉的「小」。我卻只會那可憐巴巴的幾個數字，東南西北中，以及勉強可以算半個的「萬」字而已。

「唔。要想繼續下去的話，就必須要從簡單的練習開始，打下堅實的基礎——中國古代的成語『循序漸進』，指的就是這個意思。而且，跟成千上萬的漢字不同，英文只有二十六個字母。阿大的話，我想不用一個星期就能全部學會了。」

事實證明，馬丁神父低估了我的能力。到了正月十五的晚上，胖爸爸來叫大家去吃湯圓的時候，我已經熟練掌握了從「A」到「M」的十三個字母，相當於總數的一半。不僅如此，我還學會了用「B」、「I」、「G」三個字母拼出單詞「BIG」，神父說，在英語裡，那就是阿大的「大」的意思。

過於順利的進展使我不禁產生了疑問——這種無異於倒退的練習，到底能有什麼意義呢？

穿過大走廊，踏入擺設為餐廳的活動室，馬上便感覺到了氣氛的異樣。晚飯後是大家期待已久的花燈夜遊，原本應有的歡欣雀躍卻不知所蹤。濃厚的注意力在空氣中凝結，彷彿是張有形的網，正籠罩著某個焦點——

「小茉莉，」那個嗓門尖細的女孩，聲音比平時又提高了八度，「妳的新爸爸媽媽真的是**外國人**嗎？」

「他們什麼時候來帶妳回去？」另一個女孩問。

「我……我不知道。」傳來了小茉莉怯生生的回答。我走到她身邊坐下來的時候，她發出了一聲極其微弱的驚呼。

雖然僅僅捕捉到了隻言片語，卻並不難揣測當中所蘊含的意味。

「小茉莉，妳……要去哪裡？」從遠方傳來根本不像是自己的聲音，就跟這突如其來的變故一樣，沒有任何真實感。

「阿大還不知道嗎？」尖嗓門的女孩搶著說道，「小茉莉就要被收養啦！」

在孤兒院裡，「收養」自然是一項永恆的話題。不過，也僅僅是停留在話題的程度而已——這樣的狀況，還從來沒有在我們周圍發生過，小夥伴的人數也是不斷增加，而沒有減少的情形。一旦被收養的話，便要離開孤兒院，變得和外面的那些孩子們一樣了——這是大家到目前為止的共識。至於是否確實如此，以及那到底是好事還是壞事，卻幾乎沒有人知道。

「那個，」張媽媽這時候走了進來，「以後不應該再叫小茉莉了哦。」

「嗄——？」大家一同咋呼。

「小茉莉的新爸爸媽媽，已經為她取了一個新的名字。」張媽媽解釋道。

「嗄——？」大家再次一同咋呼。

「沒什麼好大驚小怪的。馬丁神父說，這個名字也是代表了茉莉花呢。」

我想起了之前的對話，把它們加在一起，似乎就能明白一些什麼。「是外國的語言嗎？」我問。

「嘿喲，阿大，你知道的可真多啊。」張媽媽詫異地說。「對了，」她轉向小茉莉，「不如就趁現在告訴大家妳的新名字吧？」

「我的新名字是……」小茉莉呢喃著。如同靜止下來的風鈴，她的聲音幾不可聞。

「站起來說嘛。」張媽媽高興地笑道，「大聲點兒，要讓大家都聽得見才行啊。」

小茉莉不情願地站起來，將句子中的最後三個字補充完畢：

「……雅絲敏。」

7

「正在呼入：雅絲敏。」

手機在口袋裡開始震動。伴隨著悠揚的音樂，一個清澈的女聲唸出來電者的名字，音量設成了只有我自己才能聽見的程度。

「正在呼入：雅絲敏。」

我在第三遍的重複響起之前掏出手機，按下啟動語音控制的按鈕。「接聽。」我說出指令，於是電話接通了。

「嘿，小雅。」

「本！」聽筒裡傳來雅絲敏興奮的聲音，「你已經到達中國了嗎？」

「那是三個小時以前。」我挖苦地開玩笑道，「謝謝妳終於想起我來了。」

「真是過分啊。明明自己那麼多天，一個電話也沒給我打過。」

我無法提出反駁，因為那是不爭的事實。對於同樣的暑假旅行，父母所持的歧視態度一直讓我耿耿於懷，所以自然不想去打聽她那邊有多麼逍遙快活。儘管嚴格來說，雅絲敏並沒有什麼過錯，除了——

「穆勒那傢伙跟妳在一起嗎?」

「卡爾?當然了,他就在我旁邊。」

我在心裡哼了一聲。「你們現在到底在哪裡?」

「里約熱內盧,一月之河[10]。」

「還在城市裡?我以為妳打算進入亞馬遜叢林呢。」

「呃——確實是那樣計畫的,不過在里約也有很多不得不去參觀的地方嘛。」

「比如說?」

「我們那天去了耶穌山。那個救世基督像簡直不可思議,至少有十幾層樓那麼高,居高臨下地守護著整個城市。哎,我真希望你也能到這兒來感受一下。」

一陣微妙的感動在胸中泛起。不知道從什麼時候起,只要在我面前,雅絲敏便會體貼地避免使用「看」之類的字眼。如今早已成為了習慣。

「好吧。」我口不對心地說,「妳這一個多星期就只去了那兒嗎?」

「當然不是啦。還有剛剛翻新完畢的馬拉卡納球場,這是明年世界盃的決賽場地,如果德國能夠進入決賽就好了。」

那樣的話,我暗忖,恐怕也不是什麼值得彈冠相慶的事情——對於足球,我向來就沒有多少興趣。由於本屆世界盃在南美洲舉辦,比賽幾乎全被安排在歐洲的深夜進行,因此無論勝負,都必然會鬧個通宵不得安寧。當然,這還算不上是最糟糕的,在中國,比賽大概還沒結束，窗外便已經是旭日東升了。

等等，這麼說來——

「話說，妳怎麼還沒睡？現在巴西應該已經是凌晨兩點了吧？」

「呃——對呀，我們在參加一個狂歡派對，就在那個『科帕卡巴納』[11]海灘——你知道，就是歌裡的那個地方。」

我暗暗搖頭，這真是一通拙劣到家的謊言。別說震耳欲聾的電子音樂，聽筒那頭即使用萬籟俱寂來形容也不過分。不難猜測，在終於想起該給哥哥打個電話之前，她和卡爾・穆勒究竟在忙於什麼。我頓時感到了一陣噁心。

「小雅，」我含蓄地指出，「妳確實知道這個『科帕卡巴納』是指一個位於紐約的酒吧，對吧？」

「什麼？」

「紐約，美國。在那首歌裡面，『科帕卡巴納』是紐約一家酒吧的名字，所以才是『哈

10. 里約熱內盧（Rio de Janeiro）在葡萄牙語裡是「一月之河」的意思。
11. 科帕卡巴納（Copacabana）：位於里約熱內盧，被稱為世界上最有名的海灘。一九七九年，美國歌手巴瑞・曼尼洛（Barry Manilo）創作了一首膾炙人口的同名作品。其中一句歌詞為「科帕，科帕卡巴納，哈瓦那以北最熱情的地方（Copa, Copacabana, the hottest spot north of Havana.）」。哈瓦那是古巴的首都。

瓦那以北最熱情的地方』。如果是巴西的海灘，無論如何也是在古巴的南邊啊。」

「哼，真有趣。」雅絲敏惱羞成怒地說，「所以你現在是巴瑞・曼尼洛和麥哲倫了嗎？」

要是在往常，我大概會想出某個犀利的笑話以反唇相譏。不過，把卡爾・穆勒胖揍一頓的念頭，此刻仍然佔據了我腦容量的絕大部分。

「那麼，你見到那個男孩了嗎？」短暫的沉默過後，雅絲敏問道。

「還沒有。我正在北京機場，準備轉乘國內航班。」

目的地是一千公里外的內陸城市，中國的幅員遼闊由此可見一斑。小光目前在縣城的醫院裡接受治療，距離最近的機場還有兩百公里以上；至於他們生活的村子，則位於更加偏僻的山區。我的計畫是先到縣城去和小光見面，再安排時間前往村內及後山現場進行調查。考慮到李順經常往返於村子和縣城之間，二者的距離應該不會太遠。

「和那位國際刑警小姐相處得怎麼樣？」

「哼，爸媽告訴妳了？到現在為止，還算是勉強可以忍受吧。」

「是嗎？那祝你好運吧。我該去睡覺了，你有空的時候給我打電話，好嗎？」

「我會的。晚安，小雅。」

「回頭再聊，本。」

我掛上電話，下意識地留心了一下身旁溫幼蝶的反應，並無任何異樣。我和雅絲敏交談用的是德語，因此即使明目張膽地說她的壞話，也不必擔心會被聽見。離開中國的時候，雅絲敏的年紀還太小，現在幾乎連一句中文都不會說了，更遑論讀寫。

儘管我不願意承認，但毋庸置疑，我的妹妹已經成為了典型的「香蕉人」——雖然保持著黃色人種的外貌，內心卻早就被以白人為主導的西方社會徹底同化，就像是黃色表皮裡面包裹著白色果肉的香蕉一樣。每念及此，我總是有種難過的感覺。

隨著起飛時間的臨近，登機口的周圍也集中了越來越多的乘客。我們身後原本空空如也的幾排椅子，此刻已經是座無虛席，來得晚的人就只能站著了。在擁有全世界五分之一人口的國家，這也是無可奈何的事情。

許多年後，我再一次體會到了被同胞包圍的感覺。

每個人都在說中文。或高談闊論，或閒話家常，或插科打諢，或風花雪月。既有字正腔圓的標準普通話，也有幾乎無法聽得明白的各地方言。時而宛若鈞天廣樂，頃刻又如靡靡之音。我索性豎起耳朵，縱情欣賞這曲名為「故鄉」的美妙合奏。

一位母親不失時機地教她的寶寶說話，「飛機。」不難想像，她正指向窗外的龐然大物。

「灰，機。」嬰兒於是跟著重複。

一切都昭示著，我確實又回到了最初出發的地方。

機場的公告信息，第一遍會首先以中文廣播：「前往上海的旅客請注意，我們抱歉地通知您，您乘坐的5116次航班不能按時起飛。預計起飛時間改為十八點三十分。」於是我便很慶幸自己要去的不是上海。然而之後類似的廣播又接踵而至，我只能暗暗祈禱，不要出現我們的航班號碼。

友善的咖啡館服務生用中文說：「溫小姐，您點的大杯卡布奇諾和橙汁準備好了。」這家連鎖式的咖啡館在歐洲也有許多分店，價格實惠；出於成本的考慮，他們顯然不可能採用昂貴的高級咖啡豆。不過，今天的卡布奇諾卻散發出一種前所未有的獨特醇香。

側前方的牆上掛著液晶電視機，播出的當然同樣是中文的電視節目——可口可樂的廣告是中文的，大眾汽車、阿迪達斯運動鞋和佳能照相機也是。廣告過後是時政新聞，女主持人的聲線甜美，但仍然難掩其內容的枯燥乏味。我實在無法理解，父親竟能常年樂此不疲地沉浸於此，又從中分析出通貨膨脹、匯率、信貸風險評級等許多道道來。

一個男人站在電視機邊上打電話，聲音之巨大簡直像是旁若無人。我被迫聆聽著那貽笑大方的高談闊論。

「……下面讓我們關注一下小光在康復中的最新動態。」女主持人輕描淡寫地說。

在紛擾嘈雜的背景中，這句話稍縱即逝，幾乎就要被男人的吹噓徹底淹沒。過了好一會兒，我才對那個熟悉的名字反應了過來。

女主持人渾然不覺，繼續自顧自地唸她的稿子。

「今天上午，小光在父母的陪同下乘坐飛機抵達香港，準備接受義眼植入手術。未來兩天，由數位國際眼科專家組成的治療團隊將首先評估小光傷口肌肉組織的癒合程度，確定是否已經達到適合手術的條件。假如情況良好，將於一週之內為小光植入義眼片。

「義眼片並不具備視物能力，其目的在於恢復眼球摘除後的外表美觀，使患者容易被周圍的人接納，從而提高生活中的自信心。由於小光仍處於發育階段，佩戴義眼片亦可以促進眼眶的正常發育。專家表示，在今後的十到十五年內，俗稱『電子眼』的眼球替代技術可有望得到大幅進步，屆時接近成年的小光，將有機會通過另一次手術實現真正意義上的復明。

「據悉，小光本次手術及後續的定期護理均將完全免費。另外，有熱心人士為小光和家人承擔了往返香港的交通費用，以及他們在港期間的所有生活開支。小光的媽媽則告訴記者，迄今為止，孩子仍然不瞭解自己的傷情，認為只是暫時地看不見了……」

訝異之下，往後的內容已經聽不進去了。

「蝶、蝶姨……」我出言提醒道。這個猥瑣的稱呼果然極為彆扭。

「是的，我也聽見了。」溫幼蝶沉著地說。

互聯網上的最新報導同樣證實了這個消息。小光一家似乎是搭乘今天最早的航班前往香港，我們很可能在空中擦肩而過了。

「阿本，我知道你在想什麼。」溫幼蝶儼然擺出一副長輩的姿態，「不過我還是得先告訴你一件事情。」

「什麼？」

「你持有的是單次入境的中國簽證。剛才在通過入境大廳以後，我們已經是在中國大陸境內，也就用掉了這一次入境的機會。從現在開始，只要你由中國大陸出境，不管是直接返回德國，還是通過過境簽證在香港停留，你的中國簽證都會隨之失效。除非重新申請，否則你就不能再來北京，當然也不能去小光家所在的村子了。」

我呆若木雞。也就是說，如果馬上改變行程，前往香港和小光見面的話，便意味著我不得不放棄接近真相的唯一機會；但既然明知道小光已經離開當地，卻還是堅持前往那個村子的話，則無異於承認當初說的都只是些冠冕堂皇的藉口，調查這樁離奇的案件才是我此行的根本目的。

一名航空公司的工作人員快步走過來，請我們提前登機。

溫幼蝶拍了拍我的肩膀，「決定好了嗎？」

我沒有回答，抽出別在腰間的盲杖。這根盲杖通體由碳纖維製成，分為七節摺疊，拿在手裡幾乎感覺不到重量。末端帶有超聲波發射和接收裝置，可以探測前方存在的障礙物，然後在手柄處以振動的方式反饋——振動的強弱表示障礙物的距離，而振動的部位則表示障礙物的方向。雖然不如伊莉莎白一般優雅靈巧，但熟練運用以後，也能在複雜的環境下健步如飛。

盲杖每節的兩端均裝設有強有力的磁鐵，輕輕一拉，便能由摺疊狀態迅速變成一根全長一百六十釐米的手杖。

我站起來，盲杖在前方劃出一個扇形。杖頭和地面的碰撞被準確地反饋到我的手上，除此以外，並沒有任何障礙物存在。

於是我放心地向前邁了一步，同時劃出下一個扇形。

8

杖尾落在地面上，沿路敲出清脆的梆梆聲。一連串扇形彷彿護身的符咒，巧妙地指示出前進的方向。

手腕揮動，又一個扇形即將完成。令人期待的那下敲擊聲，卻忽然如泥牛入海般消失不見了。

前方失去了地面的蹤影。我知道，這意味著我來到了要下樓梯的地方。

樓梯共有五個臺階，走下來後，腳下是一片鬆軟的土地。這裡是東屋的前院，長約四、五十步，寬不逾十步，連一棵大樹都沒有，和西邊的大院子相比起來，簡直小得微不足道。不過在春天，沁人心脾的茉莉花香夾雜著泥土的清新氣息撲鼻而來，令人不免陶醉其間。一群鳥兒在縱情高歌，仔細聆聽的話，還能聽見蜜蜂們嗡嗡地在花叢中打轉。

然而我卻無意流連，伸出竹杖探路，不費吹灰之力便穿過了前院。杖尾偶爾掃到灌木的枝葉，又驚起了一雙繾綣於花瓣之上的蝴蝶。

竹杖是由一根細竹製成，只比筷子略粗，豎立起來約至胸口高度。沿表面摸索，可以明顯感到幾個竹節的凸起。自從胖爸爸給我做了這根竹杖以後，我的活動範圍一下子變得大了許多，而且再也不必扶著牆走路了。而每逢下午四點，大夥兒圍坐收看《西遊記》的時候，我又把竹杖往地上重重一拍，高聲喝道：「呔那妖精！且來吃俺老孫一棒！」於是引來一陣哄堂大笑。

假如，樂樂現在想要對我偷襲的話，恐怕就不會那麼容易得手。

說也奇怪，自從進入新年以來，樂樂哭鬧的夜晚便日漸變少，最後竟不怎麼聽得到了。如此一來，「賴哭包」這個短命的稱號也只好壽終正寢。

隨著寒假的結束，《西遊記》的重播也迎來了大結局——歷經九九八十一難，唐三藏師徒終於把真經取回了東土大唐。之後積雪消融，學校開始上課，白天的東屋頓時變得冷冷清清的。在這樣的環境裡進行探索，自然是再合適不過的了。

前院的周邊是一圈低矮的磚牆，牆上紮著籬笆，上面纏繞著牽牛花的藤蔓。矮牆分作左右兩段，中間有一個缺口，從那裡走出去便是外面的大街。

嗖——

突然，在大街對面，一個充滿力量的巨響飛掠而去。隨後，從那個方向遠遠飄來某種難聞的氣味——最初似乎帶有些許芬芳，但隨即變得沉重滯悶，讓人感到頭暈腦脹。

張媽媽曾經以最嚴厲的方式教育過，那個危險的東西叫做汽車，所以，絕對不可以走到馬路上面去。

這裡顯然不是什麼繁華的地段，因此汽車的出現，往往預兆著一些不尋常的事情。

我在廢氣中愣著站了一會兒，悠悠轉到左邊矮牆的外側。左手沿著磚牆摸索，很快便摸到了一塊長方形的金屬板，高度幾乎和矮牆相同，四個角落處用粗壯的螺絲固定，像是被貼在了牆上。

六角形的螺絲渾身佈滿鐵銹，用力一搓，便能弄下一層黏乎乎的粉末來；金屬板的表面原本噴上了油漆，此刻也紛紛老化剝落，斑駁地反映著歲月的痕跡。據說，這塊薄薄的板子甚至比我更加年長，遠在東屋建成之初便已存在。

金屬板的中間有些向外凸起的部分——我被告知，那裡塗上了不同顏色的油漆——毫不掩飾地構成了「孤兒院」三個大字。張媽媽說，對於這幢房子，被用作孤兒院絕非什麼低人一等的事情，而身為孤兒的我們同樣也是如此。

坦白說，我並不太理解這句話的意思。然而，金屬板上那三個可以摸得著的漢字，對我來說，卻是不可多得的學習材料。

這時，二十六個英文字母以及十個阿拉伯數字，早已被我拿捏得滾瓜爛熟。而在漢字方面，除了麻將牌以外，我又得到了一副象棋。棋子是圓形的，約有杯口般大小，材料則是沉甸甸的木頭，每個棋子的表面上都鑲嵌了文字。

我如同著魔了一般，沒日沒夜地投入到一堆半人高的棋子當中，廢寢忘食地鑽研每一道微小的筆劃。然而，直到大功告成的一刻，我才意識到了那個殘酷的結果——又一次，我失去了繼續學習漢字的工具。更令人沮喪的是，到此為止我所學會的那些單字，似乎都鮮有能派上用場的機會。

何媽媽想到了一個辦法——某天，她突然跑了出去，回來的時候神祕兮兮地塞給我一件東西。那像是一塊長條形的積木，又像是切好的一段方方正正的黃瓜，材質則是我從來沒有接觸過的，似乎是一種金屬，卻不怎麼具有冰涼的手感。

令我欣喜若狂的是，在這個東西的底部，赫然竟刻著一個凸出來的漢字。

何媽媽解釋道，這個東西叫做鉛字粒，是她託印刷廠的熟人拿出來的。雖然只是毫不起眼的小部件，卻構成了中國古代四大發明之一，活字印刷術中至關重要的一個環節。

如今，在畢昇[12]發明了活字印刷的近千年後，無可避免地，傳統的印刷工藝正在逐步被電腦排版所取代。在新技術的衝擊下，鉛字粒已經瀕臨被淘汰的邊緣，因此要取得並不困難。問題在於，鉛字粒有大有小，只有足夠大的那些，我才能通過觸覺分辨出筆劃，這樣可選擇的範圍就窄了許多。另一方面，鉛字粒上的凸字都是左右相反的，必須在腦裡再額外進行一次加工轉換，有時難免就會造成混淆的情況。

當我得知，在東屋的前院圍牆上還掛有這麼一塊門牌的時候，我立刻決定，要把刻在上面的文字學會。因為，對任何人來說，至少都應該認識自己所存在的地方。

金屬板上的油漆龜裂嚴重，有些位置甚至整塊翹起，觸感絕對算不上優秀，但我毫不在乎。跟麻將牌、象棋和鉛字粒相反，這三個字足夠碩大，我於是把竹杖倚在牆邊放好，雙手並用之下，不多時便大有進境。

遠處響起了腳步聲，馬丁神父正從教堂的方向走來。而且，他不是一個人。

「神父。」當他們靠近了以後，我恭敬地叫道。

「嗬嗬，阿大，你好哇。」

馬丁神父以渾厚的旋律和我打招呼，在他身後，卻同時響起了一個陌生的女人聲音。那聲音柔和婉轉，猶如春風般悅耳，我覺得她是在跟我說話，可是我卻半點都聽不明白。

「這位女士問，」神父道，「你一個人在這裡幹什麼呢？」

我指著牆上的金屬板，「我來看您昨天說的這塊門牌。」至於其中的因由，自然不須要多加解釋。

馬丁神父的聲音突然改變了，是我從來沒有聽過的，但不難察覺，和之前女人的話頗有相似之處。我意識到，神父正在重複我剛才的回答——以另外一種語言。

「**他們**是來帶走小茉莉的嗎？」我問道。

馬丁神父先是一愣，然後又用那種聽不懂的語言和女人交談了一番。我隱約聽見他們數次提到「雅絲敏」這個名字，已經明白了答案。

一直沒有說話的那個男人，這時驀地開口了。與胖爸爸的逗趣和馬丁神父的寬厚截然不

12. 畢昇：北宋人，其發明的膠泥活字印刷術記載於沈括《夢溪筆談・活版》，被認為是世界上最早的活字印刷技術。

同，他的聲音短促而有力，遠遠便給人一種無形的壓迫感。
「我的好孩子，」神父轉述男人的話，「你之前就知道這位先生在這裡了嗎？」
「是的。」我點點頭。
「為什麼？你是怎麼知道的？」
「腳步聲，」我解釋道，「我聽到了三個人的腳步聲。」
一陣短暫的沉默過後，女人慢慢走上前來，在我旁邊蹲下，從她身上滲出一種很好聞的氣味。她伸出手來撥弄我額前的頭髮，就像張媽媽經常做的那樣，只是那隻手卻如豆腐一般精緻光滑。她又用兩臂環住我的脖子，將我的腦袋摟向她的肩膀，讓我的臉和她的臉緊緊地貼到了一起。
女人在我的耳邊低聲呢喃，依然是完全聽不懂的句子，但她語調裡那種明顯的溫柔，我卻能真真切切地感受得到。街角的微風拂過，又勾起這早春三月的乍暖還寒，我情不自禁地放鬆了身體，任由自己瑟縮在她軟綿綿的懷抱中。
良久，女人在我的雙頰和眉間分別輕吻了一下，然後才依依不捨地把我放開。我呆呆佇立，只感覺那個體溫正在逐漸剝離。我想要去拉住她，四肢卻像被孫悟空施了定身法一般動彈不得。
待我回過神來的時候，男人、女人，還有馬丁神父竟已全都不見了。我的竹杖依舊靜靜地靠在矮牆上，孤兒院的金屬門牌就像雪一樣冰涼。方才的邂逅彷彿只不過是一場夢，其實根本什麼也沒有發生。

然而被擁抱的感覺卻又如此真實，一股淡淡的餘香，此刻還殘留在我的臉上。

對了，他們肯定是走進了東屋——小茉莉就在那裡面。不久以後，他們還會再次回到這裡，帶著她一起離開。

我便忍不住去留意前院的每次風吹草動。

因為心懷雜念，手上的觸感無法順利轉換成腦裡的形狀，偶爾還冒出一堆雜亂無章的線條，反而令前功盡廢。我不止一次想過要放棄，卻被一種莫名的力量硬生生地按住了。直到我終於把門牌上的三個字印進了腦海，已經不知道過去了多長時間，卻再沒有人從我的身邊經過。

我拾起竹杖，爬上東屋門前的五級臺階，渾渾噩噩地朝活動室的角落走去——在張媽媽的安排下，現在那裡擺放著一張專門歸我使用的桌子。刻有文字的各種小玩意兒到處散落，佔據了桌面幾乎三分之二的空間。

我驚奇地發現，馬丁神父和兩個陌生人就圍在桌子旁。

男人首先注意到我的存在，「這是你拼出來的嗎？」他輕輕敲著桌子的一角，問題自然是由神父代為翻譯。

但即使如此，我還是完全不知所云。

「桌子上『雅絲敏』這個詞，是你拼出來的嗎？」男人把問題補充完整。

我想起來了。雅絲敏——小茉莉的新名字，之前確實曾經一度成為孤兒院內流行的熱門話題。J-A-S-M-I-N，馬丁神父說，那就是代表茉莉花的英語單詞。當時我正在以塑膠字母模型進行練習，不知不覺便在桌面上排了出來。後來我沉迷於漢字的學習，便沒有再去碰這些英文字母。唯一令人驚訝的是，經過了這長的時間，它們居然還沒有被弄亂，也委實是一個奇跡。

「是的。」我小聲地回答道。

男人卻不再說話，令人無從猜測他的想法。

「你還會拼別的單詞嗎？」女人接過話題，親切地問道。

「我、我還會『BIG』。」

「『BIG』？」

「嗯，阿大的『BIG』。」

馬丁神父用對方的語言額外解釋了一番。

「原來如此。阿大……BIG……BIG……」女人彷彿一下子想到了什麼，「對了，能請你為我拼出『本』這個詞嗎？它的拼法是B-E-N……」

「那太簡單了。」男人突然打斷了她，倉卒得讓神父幾乎來不及翻譯，「請拼出『本傑明』吧，拼法是B-E-N-J-A-M-I-N。」

女人笑著同意了，「可以嗎？」她問我。

我點點頭，這當然毫不困難。

仔細想想的話，這不僅不困難，而且確實是**太簡單**了。

我移動到桌子前，單詞「JASMIN」就在那兒好好地排列著。我把其中的「S」拿掉，略微調整一下字母間的距離，便得到了「JAMIN」。接下來我要做的，仍然只是在前面加上太簡單的「BEN」而已。

輕而易舉地，我從一堆零散的字母中挑出「B」和「E」。這時候，我才意識到自己忽略了一個關鍵的問題。

馬丁神父給我的這套字母模型，不多不少，就只有二十六個字母。但是，為了拼出來「BENJAMIN」這個詞，卻必須同時使用兩個「N」。

就在此時，一道靈光突然閃過——

我把最後一個字母排列整齊。只聽見馬丁神父嗬嗬大笑，就連那個男人也不禁發出了驚歎的聲音。

女人則不由分說地一把將我摟進懷裡。

她仍然說著那種奇怪的語言，聲音由於過分激動而顫抖。不可思議的是，這一次，我卻切切實實地聽明白了。

「從現在起，」她說的是，「我就是你的媽媽了。」

地面彷彿從腳下消失了，我好像飄浮在半空中，簡直感覺不到自己的存在。殘留的意識無力地掙扎著，又被一陣過堂風吹得七零八落。

「我們該走了。」馬丁神父的聲音在頭頂上響起，將一片迷茫驅散。「來吧，阿大。不然的話，嗬嗬，你的妹妹可要等得不耐煩啦。」

我的妹妹——

「小茉莉？」

「是的，我的孩子。你們現在要坐汽車，跟爸爸媽媽去辦理收養的手續。」

女人牽起我的手，極溫柔的力量從那隻光滑的手上傳來。我順從地跟著她邁出一步，竹杖被遺留在了桌子旁邊，但我完全沒有注意到。

馬丁神父的腳步聲在前面帶路。我們進入大走廊，然後穿過院子，途中經過了整整二十二棵大樹。在教堂的側面，我的房間窗戶的正下方，小茉莉和張媽媽果然正在等候著。和她們在一起的，還有那個叫做汽車的東西。

男人伸出如大樹般粗壯的手臂，將我抱入車內。之後小茉莉也走了進來，仍然是坐在我的身邊。

車門被關上了。

9

車門又被打開了。

「下車吧。」外面傳來溫幼蝶疲憊的聲音，「接下來都是上山的小路，車不好開上去，咱們只能走一段了。」

「我自己會開門。」我不滿地說。這是一輛租來的車，因為對其結構不熟悉，我摸索了半天，還是沒能找到門把手的位置。但讓一個女人來為我開車門，這簡直是奇恥大辱。

「知道啦——」

我剛剛預感到不妙，身邊勁風已然驟起，我急忙把腦袋縮回車裡，那厚重的車門便砰的一聲狠狠甩上，堪堪擦過我的頭皮。

「喂！妳這可是謀殺!!」我咆哮道。

「放心，我根本就沒使上勁兒。」溫幼蝶毫不在乎地譏訕道，「如果連這種程度的攻擊都躲不開的話，還是趁早回家的好。」

「但我是一個盲人！」

「是嗎——我原本還以為你是個偵探呢？」

我不由得為之語塞。這女人伶牙俐齒，比雅絲敏有過之而無不及，兼且心狠手辣，一言不合便直接動粗。跟她逞口舌之爭似乎並非太明智的做法。

「小子，你現在給我認真聽好了。」溫幼蝶突然恫嚇般地逼近我的面前，唾沫星子飛濺而出，還帶著一股橙汁的味道。「這可不是什麼好玩的遊戲。我承認你很聰明，但如果這分聰明導致了傲慢，甚至使你認為，接受幫助就等於是軟弱的話，那你和天下最愚蠢的笨蛋也沒有多大區別。我們所要面對的，可是一個連小孩子都會下毒手的傢伙，而且很可能也不怎麼介意殺人。如果你真的找到了這個兇手，在罪行即將被你揭穿的時候，你猜，對方會不會因為你是盲人就手下留情呢？」

她說的也有一些道理，我不甘心地承認。我之所以來到這個小山村，自然並不是為了去當下一個受害者。只要確實憑藉自己的智慧解決案件，即使在必要的時候利用一點點她的力量，也還是可以接受的吧。

小光還不知道永久失明的事實，因此，現在也許不是和他見面的最佳時機——一路上，我不斷這麼反覆默唸，試圖為暫緩前往香港的決定尋找一個合適的理由。無論如何，既然已經走到了這一步，那就必須找出所有真相，才能算是對自己有一個交代。

「走吧，」簡直就像是變身一樣，溫幼蝶瞬間便恢復了平時的態度，「除非你打算今晚就睡在山溝裡。」

確實，轉機之後又是長途公路旅行，此刻時間已經超過了晚上九點，解決住宿問題迫在眉睫。儘管由於時差的關係，我並沒有絲毫睡意，但渾身痠痛，骨頭像要散架了一樣，只想盡快找張床倒下來。要是還能僥倖搞到一點夜宵，那就更完美了。

於是國際刑警小姐走在前面，我的左手搭著她的右肩，右手展開盲杖揮舞，從斜後方緊緊跟隨。沿路地面高低起伏，沙礫和碎石遍佈，顯然是極度乾燥。倘若任何一步踏得重了，一抔塵土便從腳底揚起，悄然鑽進運動鞋的裡襯。也許是惡有惡報，我這邊還沒出什麼意外，本該代替伊莉莎白的溫幼蝶卻接連絆蒜，最後只好踉踉蹌蹌地停了下來。

「這鬼地方連盞路燈都沒有。」她低聲咒罵。

我在心中冷笑，只會依賴視力的話，這是必然的下場。

但她隨即很不要臉地拿出了手機，啟動了其中某個程式，把輔助拍攝的閃光燈當作手電筒使用。喀嗒，一下電子合成的機械聲從她的手裡傳來。

「我們到底要去哪裡？」我問。

「如果運氣足夠好，村裡或許會有個小型招待所，不然的話就只能在民居借宿了。」溫幼蝶道，「那邊有個房子還亮著燈，咱們先過去找人打聽一下吧。」

雖然只是說「那邊」，但因為全是迂迴往上的山路，我們整整走了十五分鐘才到。我暗暗記下每個彎道的方向，沿途一個人都沒有碰上。在大城市裡，晚上九點才剛剛是夜生活的高潮，但在習慣了日入而息的農村，大部分的人們此刻已經進入了夢鄉。

我們再次停下來的時候，溫幼蝶也很配合地發出了另一聲怪叫。

不過這回卻並非咒罵，而是歡呼。

「這裡的院子門前掛著一塊牌子。」她興高采烈地描述道。

「什麼牌子？」

「上面寫著『住宿請進』。看來咱們運氣不錯，不用再到處跑了。」

我頓時大感寬慰，轉念之間，卻又不禁懊惱自己沒有更早地想通這一節。在這夜深人靜的山村裡，當然只有旅館或招待所之類的地方，才會點起一盞泛黃的孤燈，好為過往的旅客指引出歇息的去處。

「記得要按咱們之前商量好的那樣說。」溫幼蝶低聲囑咐道，然後一馬當先地闖進了院內。離院門不遠處便是那間透出燈光的屋子，裡面隱約傳來幾個人的交談聲，更重要的是，還有撩動人心的食物香味。

屋子的門似乎原本就是打開著的。溫幼蝶一邊掀起掛在門上的帆布門簾，一邊喊道，「您好——」

「呀——！」

作為回應的，竟是一聲淒厲的慘叫。

在這樣的情境下，先前那幾個人卻毫無反應，還在悠然自得地談著話。我意識到，那應該只是正在播放的某部電影。

「對不起。」只聽一個冒冒失失的女孩聲音說道，「你們突然進來把我嚇了一跳。」

「不，應該是我們道歉才對。」溫幼蝶偽裝出一副和藹可親的樣子，「請問，現在有空房間嗎？」

對方並沒有立即答覆，我感覺到，她正以懷疑的目光打量著我們。當然，作為在深夜裡憑空出現的不速之客，會受到這樣的歡迎也是無可奈何的。

「那個，」女孩遲疑地問道，「你們是記者嗎？」

不難理解，自從那個案子發生以來，這裡接待的住客便是清一色的各路媒體人員。

「不，不是記者。」溫幼蝶解釋道，「我們只是來探望小光的。」

「小光？？」女孩詫異地說，「難道你們都沒有看新聞的嗎？小光現在去了香港動手術啊。」

雖然之前已經練習過多次，但此刻竭力露出震驚的表情，自我感覺還是不太到位。

「怎麼會這樣？」就像那部還在播放著的電影中的演員，我唸出預先準備好的對白，語氣稍嫌過於誇張，幸好似乎並未引起對方的警覺。

根據之前的商議，溫幼蝶和我都同意，對外依然宣稱是為了與小光見面而來——因為我們一直在作長途旅行，所以錯過了最新的消息，這樣的說辭也算是合情合理。至於調查工作，則只能在暗中進行，一方面是我們並沒有本案的司法管轄權，更重要的則是為了不要打草驚蛇。

「那個……」女孩這時總算發現了，「你的眼睛，難道也……」

我點點頭，故意朝向她往右偏轉三十度的位置。
於是溫幼蝶乘機切入，詳細闡述我們此行的意義所在，基本上就是把當時我跟父母說的話重複了一遍。不出所料地，女孩大為感動，對我們的戒心已經放下了七分。
「蝶姨，現在該怎麼辦？」我適時地拋出下一句臺詞，這次便顯得自然多了。
「嗯……」溫幼蝶沉吟道，「已經這麼晚了，不管怎麼樣先睡一覺，明天再說吧。」
「幸虧你們是今天才來，」女孩道，「要是早幾天的話，所有的房間都住滿了記者——那個，你們要一間雙人房就夠了吧？」
「不，」我立刻斬釘截鐵地說，「我們要兩間房。」
「我這個外甥特別要強，」溫幼蝶笑道，「總是不樂意讓人照顧呢。」
女孩當然聽不出來她話裡所帶的刺，「哎，妳都有這麼大的外甥了？」
「怎麼，很奇怪嗎？」
「是啊，姐妳看起來也還很年輕嘛。妳要不說的話，我還以為你們是兩姐弟呢。」
「謝了妹兒。」溫幼蝶洋洋得意地說，「如果有的話，就麻煩妳安排兩間單人房吧。」
「房間現在倒是全部都空著的。不過，那個，開兩間房可是會貴不少哦……」
我完全聽不進去女孩說明住宿費用的問題，因為我驀地領悟到了，「蝶姨」這個叫法的厲害之處。在旁人眼中，比起姨母和外甥來，溫幼蝶和我的年齡差距更像是一對姐弟。然而，正因為如此，人們反倒會對我們的身分和關係深信不疑——假使這兩人是別有用心的話，他們也應該偽裝成姐弟才對，不是嗎？

她正是利用了人們的這個心理盲點。三十六計中，此計被稱為「欲擒故縱」；而《三國演義》的名篇空城計，諸葛亮也是如此擺了司馬懿一道。

哼，國際刑警果然還是不容小覷呢，我暗忖。

「那個，」女孩打斷了我的思考，「我現在就帶你們到房間去吧。」隨著她手腕的移動，叮叮噹噹，幾把鑰匙清脆地互相碰撞在一起。

「請等一下……」我說。

「嗯？你叫我阿香就好了。」

「阿香小姐，請問，這裡有餐廳嗎？」

「餐廳？？」阿香先是愣然，隨即忍俊不禁。儘管她及時地捂上了嘴，但我仍能聽見噗哧的笑聲。

「本，」溫幼蝶又好氣又好笑地說，「你以為你是住在五星級酒店裡嗎？」

「對不起，現在確實是已經太晚了。」阿香打圓場道，「不過，明天你們可以到五婆婆那裡去吃飯。雖然是我們村裡唯一的飯館，但她家做的羊肉泡饃，就算在全國都找不到更好的了。」

那當然是必須要去嘗一嘗的。問題是，對於現在飢腸轆轆的我來說，明天的美食也是遠水救不了近火。

「剛才不是還有人在這兒吃過東西嗎？」我拒絕善罷甘休。進門時聞到的那種不健康的香味，此刻仍然繚繞。

「那個嗎……」阿香不好意思地說，「那是我看電影的時候肚子餓了，所以自己泡了個方便麵。你要嗎？只有紅燒牛肉味的，四塊五一個，給你摻好開水。另加火腿腸的話是一塊錢一根。」

看來這家招待所雖然沒有餐廳，但兼營一些簡單的方便食品，倒也聊勝於無。

「那就再加兩根火腿腸。」我嚥下氾濫成災的口水。這種小時候難得的珍貴美味，我已經久違了。在魏默太太看來，世界上的香腸大致只分為兩類——德國香腸，以及那些沒法吃的垃圾。可惡的是，雅絲敏似乎也有同感。

「姐，方便麵妳要嗎？」阿香又趁機推銷。

「我不用了。」溫幼蝶道，「不過，妳這兒有橙汁嗎……」

橫亙在我們和阿香之間的，是一個半人多高的櫃檯，櫃檯背後仍然響著電影的聲音。她像變戲法般拿出一碗方便麵，動作麻利地撕去包裝，把調味料和脫水蔬菜一股腦兒地灑下，最後往碗裡注入熱開水。

在那無所事事的三分鐘等待中，我們不失時機地攀談了起來。

招待所最初是由村委會建成的，之後則被阿香的爺爺承包了下來，其中大部分的收入用作了她的學費——阿香正在念大學，學校位於國內一個遙遠的城市。因為小光一案，到村裡來的記者激增，招待所應接不暇，她便趁著暑假在家幫忙。這兩天記者們散去得差不多了，爺爺前往縣城辦事，結果就只剩下了阿香一個人。

「妳的父母呢？」溫幼蝶問。

「很久以前就已經都不在了。」阿香黯然道。

我心裡頓時泛起了惺惺相惜的感覺。不過，在這種情況下草率地透露自己曾經的孤兒身分，顯然不是明智的行為。

「那個，你的麵可以吃啦。」阿香輕輕抓起我的雙手，引導至碗的邊緣。

事實上，即使僅憑氣味，我也可以準確判斷碗的位置。只是卻不忍心去拂她好意。

「作為盲人，還真是想像不到的堅強呢。」她一邊看著我狼吞虎嚥，一邊發出感慨，「那個可憐的孩子，希望他以後也能像你一樣就好了。」

我心念一動。阿香之前曾和大批記者接觸過，也許不經意地獲得了某些內幕；而本地的村民當中，難免也會有一、兩個不足為外人道的祕密。趁這個機會巧妙地打聽一下的話，似乎是個不錯的主意。

「小光的姑媽，」我裝作歎息的語氣，「為什麼會下那樣的毒手呢？」

「你也認為是她幹的嗎？」阿香反問道。

「新聞上不是都已經報導了嗎？」

「縣裡面來的那些警察確實是這麼說的，不過……」

她欲言又止。

「不過？」

「我們村裡的人都不相信，而且，那幫記者好像也覺得還有很多疑點。」

「是嗎？村裡的各位有什麼意見呢？」

「很多人認為……」阿香神祕兮兮地說，「是因為小光他們一家被詛咒了。那個，你知道嗎，好幾年前，小光的姐姐就是在井裡出事的……」

確實，在這樣的一個偏僻山村，接連發生了匪夷所思的案件，假如沒有因此產生怪力亂神的說法，那才真的是不可思議呢。

「阿香小姐也相信詛咒嗎？」我嚼下一段火腿腸。

「這個，倒不是說相信啦。」她謹慎地說，「只是，這麼多不幸的事情偏偏都發生在一個家族裡，我總覺得不是簡單的巧合呢。」

那當然不是巧合，我幾乎就要脫口而出。但除了巧合以外，毫無疑問，也必定存在比詛咒更加合理的解釋。

「那麼，阿香小姐妳自己是怎麼認為的呢？」

「我嗎？我是沒有什麼想法啦。不過，前些天我聽幾個記者聚在一起討論，好像挺有道理的。他們懷疑，兇手是專門的人體器官販子；之所以傷害小光的眼睛，是為了取得眼角膜拿到黑市上出售。有個記者還說，兒童的器官品質更好，所以能賣出更高的價錢——實在是太可怕了。」

原來如此。我之前也在網路上讀到過類似的猜測。

「不，」我搖頭道，「那是不可能的。」

「你怎麼知道呢？」

「因為兇器是樹枝。要剝離眼角膜的話，首先必須使用鋒利的手術刀；然後還要放在特製的藥水中保存，防止細菌感染以及培養內皮細胞。無論如何，在野外的條件下是絕對做不到的。」

「你好像很瞭解的樣子呢。」

「我確實有和一些這方面的專家打過交道。」我指了指自己的眼睛。

「啊，對不起。」她懊悔地說。

我勉強擠出一個笑容。

「那個，你也在等待接受眼角膜移植嗎？」

「不，對我來說，那是沒有用的。首先我的問題在於視網膜而不是角膜，以目前人類的醫學水平，還不能有效地移植視網膜；其次，因為是基因缺陷，即使換上了新的視網膜，上面的感光細胞恐怕也會迅速死亡。」

碗裡已經撈不出來麵條了。我仰起脖子，將剩餘的湯一口喝下，鹹得要命。

假如說，阿香這裡算是招待所的「前臺」的話，我們住的「客房」則位於上面一層。當然，室內並沒有豪華的直達電梯——甚至連樓梯也沒有，而是必須回到院子裡，從外面繞到這間屋子的頂上。在逐層退縮的山崖之中，挖出一個個宛如羅曼式建築[13]的圓拱形空間，正是黃土高原上常見的窯洞結構。

房間當然是意料之中的簡陋，地面就是樸素的一層水泥，牆壁很久以前或許曾經粉刷過，但此刻摸上去也是粗糙不堪。僅有的傢俱包括一張單人床、一張書桌和一把椅子，其結實程度未免令人擔憂。稍微值得安慰的是屋內尚算整潔，聞不到灰塵或是發霉的氣味。

阿香在介紹過房間的設施之後便道晚安告辭。難以置信的是，裡面竟然附有獨立的洗手間，甚至還安裝了簡易的一體式淋浴間和電熱水器。和城市一般運作無異的自來水和電源，為這個地方多少帶來了一點現代化的氣息。

風塵僕僕的一天過後，我已經迫不及待要去洗一個熱水澡了。

然而，某些人卻遲遲不肯離開。

「你好像跟那個女孩很聊得來嘛。」溫幼蝶意味深長地說。

我感覺自己的眉毛不受控制地擰到了一塊兒。我願意和誰交朋友，恐怕怎麼也輪不到她來指手畫腳的吧。

「我只是想提醒你，不要和阿香走得太近。」溫幼蝶繼續道，「比如說，告訴她你曾在孤兒院裡生活過，就不是什麼好主意。」

「我才不會幹那種蠢事！」我氣沖沖地說。

「是嗎？那樣就好。」

「無論如何，阿香小姐也跟案件沒有半點關係。」

「呵——」溫幼蝶忽然冷笑，「你讀過很多推理小說，對吧？」

我僵硬地點了點頭。對她接下來將要說的話，我有一種不祥的預感。

「那麼，你一定懂得這樣的一個原則：那些能從案件中獲得利益的角色，往往就是幕後隱藏的真正犯人。」

我再次僵硬地點頭。那種不祥的預感愈發濃烈。

「非常好。有趣的是，在現實中的搜查工作也是一樣。如果犯罪所造成的結果，會使某人直接或間接地獲得好處，我們就不得不將其列為嫌疑人之一。當然，小光的這個案子比較特殊，很難想像會有什麼人因此得益——除非，把這個平日裡門可羅雀，卻因為此案而突然變得一房難求的招待所也計算在內。」

就在我目瞪口呆之際，溫幼蝶已經翩然離去。

極端疲勞的感覺一下子從心底湧將上來，我雙腳一軟，倒頭便栽進床上。床單給人的感

13. 羅曼式建築（Romanesque Architecture）：又稱羅馬式建築，為歐洲中世紀一種以半圓拱為特徵的建築風格，流行於公元10世紀晚期至12世紀。

覺很乾淨，依稀還帶著一股清香，簡直就像是新的一樣。

我掀開疊得整整齊齊的被子，把它扯到胸前。

10

被子宛若雲彩般輕盈柔軟，捂在手上，卻覺得無比暖和。

「裡面的棉花已經都重新彈過一遍了。」張媽媽樂呵呵地說，「阿大，那天早上，你就是裹著這床被子。雖然是在寒冬臘月，教堂門前的臺階上都積滿了雪，但你渾身上下都是暖洋洋的呢。」

她的情緒似乎很高漲，甚至開始喋喋不休起來了。

今天，是我和小茉莉——我是指，雅絲敏——離開孤兒院，跟隨養父養母前往德國生活的日子。清晨，張媽媽拿來了兩樣東西，鄭重其事地交還到我們手裡。

我得到了這床被子；小茉莉——不對，是雅絲敏——則得到了一張紙條。

據說，這就是我們進入孤兒院的時候，身上帶來的所有物品。作為和親生父母之間僅存的連繫，這些年來，一直被悉心地保管著。

趁張媽媽沒有注意的時候，小茉莉——要不，還是暫且叫小茉莉好了——把那張紙條滋啦滋啦地揉作一團，然後精準地扔進了垃圾筐裡。

於是，後來便再沒有人知道那上面寫了什麼，或者究竟有沒有寫下任何東西。

「阿大，你可要比小茉莉幸運得多了。」張媽媽意猶未盡地說，「她身上只胡亂包了幾張報紙，胖爸爸把她抱進來的時候，凍得幾乎連哭都哭不出來了呢。」

關於小茉莉那個富有傳奇色彩的故事，因為經常被人津津樂道地提起，我也早就耳熟能詳。公平地說，那時候確實已經是春暖花開的五月。某天晚上，胖爸爸半夜醒來，突然有種奇怪的感覺，好像爐子上的火還沒熄滅。他急忙從家裡趕回東屋，剛走進前院，便聞到一股清新脫俗的芳香。茉莉花在那年第一次盛放了。

花叢之下，是一個剛出生的嬰兒。人們順理成章地把她叫作小茉莉——嬌小、美麗、柔弱，彷彿這個名字從來就是為她所準備的一般。而從此以後，每逢夜裡睡不著覺，胖爸爸便總要跑來巡視一番。

和小茉莉謹慎的雙親不同，我的父母把棄嬰的時間選擇在白天——為此，他們必須甘冒被人目擊而遭受譴責的風險，不過，我會被盡快發現的可能性也同時大增。這床棉被，或許進一步證明了，那兩人希望我活下來的心意。

他們並沒有留下紙條。因此也不可能知道，是否因為我看不見的緣故，才讓他們最終作出了這個決定。當然，無論是什麼理由也好，現在都已經不再重要。小茉莉是一個健康漂亮的女孩，但仍然無法避免被遺棄的命運，大人們說，那僅僅是因為她是個**女孩**而已。

「那是元旦前的最後一天，」張媽媽自顧自地沉浸在對往事的回憶中，「馬丁神父在教堂門前發現了你。當時你生下來頂多只有一週左右，大大的塊頭，圓乎乎的大腦袋，眼睛也睜得特別大。可是，無論我們怎麼揮手和做鬼臉，你都沒有半點反應。我一時也想不出來什麼更好的，便把你叫做阿大了。」

阿大——有人會說，這甚至算不上一個名字。但我完全不介意。

「啊啊。」

馬丁神父標誌性的笑聲響起。跟他在一起的還有何媽媽和胖爸爸。

「雅絲敏，本，你們準備好了嗎？」

對了，跟小茉莉一樣，我也從養父母那裡獲得了一個新名字。本，作為阿大的傳承，據說是因為在遙遠的英國，有一座舉世聞名的鐘塔，叫做大本鐘[14]。全名則是本傑明，需要兩個字母「N」才能完整拼出來的本傑明——在每種字母只有一個的塑膠模型中，就只好把用不上的「Z」旋轉九十度，當作臨時的替代品。

字母模型——

我回想起，最初得到這二十六個塑膠字母時的情形。那並不是我原本期待的東西，不過，馬丁神父最終還是說服了我。

就在同一天，張媽媽宣佈了小茉莉被收養的消息。

14. 大本鐘（Big Ben）：倫敦威斯敏斯特教堂的鐘塔，於二〇一二年更名為伊莉莎白塔（Elizabeth Tower）。

不僅如此，她還擁有了一個新名字。結果，「雅絲敏」就成為了我首先學會拼寫的單詞之一。

然後，這個以塑膠字母排列在桌子上的單詞，引起了養父母的注意——

「來接你們的爸爸媽媽已經到了，」何媽媽提醒道，「他們在車上等著呢。」

假如我沒猜錯的話，那輛車還是停在院子裡，教堂的側面，我的房間窗戶的正下方——就和之前一樣。我們要到那裡去的話，便應該從大走廊離開東屋，穿過院子，途經二十二棵大樹。

反過來說，假如是從汽車停泊的地點前往東屋，當然也應該依循同樣的路線。

是的，無論怎麼想，也沒有理由要故意繞一段路：從側門進入教堂，又經由正門回到大街上，最後通過栽種著茉莉花的前院到達東屋。

除非——

「不妨就讓他們再多等一會兒好了。」胖爸爸一如既往地嬉笑道，讓人不禁聯想起《西遊記》裡面的彌勒佛。「今天的早飯是為了阿大和小茉莉特別準備的，吃飽了待會兒才好出發啊。」

「是的，」張媽媽出人意料地贊同道，「大家都在那邊等著和你們說再見呢。」

她屈膝蹲下，首先緊緊擁抱了小茉莉，然後又把我拉到身邊，寬厚粗糙的手掌幾乎把我的臉整個兒包裹了起來。

「傻孩子，」她哽咽著說，「你掉什麼眼淚呢？」

接下來是何媽媽和胖爸爸，我們逐一擁抱告別。胖爸爸一直下意識地搓著雙手，彷彿試圖抹掉上面的污漬。何媽媽掏出手帕為我擦拭眼角，之後輕輕親吻了小茉莉的面頰。

最後輪到了馬丁神父。

和小茉莉在一起，神父顯得格外魁梧而蒼老，猶如院子裡的那些參天大樹。小茉莉站著的時候，頭頂也只是略高於神父的膝蓋，後者不得不勉強彎腰，才能用聖水於她的額前畫出十字。

「願主與妳同在。」神父祝福道。

我在原地踟躕，直到小茉莉遠遠走開後，我才迎上前去。這時，其他人離我們都有一段距離——一段足以擊敗普通人耳朵的距離。

但我仍然謹慎地壓低了聲音。

「神父，這是您安排的嗎？」

有那麼一小會兒，馬丁神父沉默不語。

但我可以肯定，神父完全聽明白了我的問題；事實上，我有一種感覺，他甚至在等待著這個問題。

「不，我親愛的孩子，」神父回答道，「這是上帝的安排呢。」

上帝會把桌子上散亂的字母重新排列起來嗎？我最終還是把這句話埋藏在了心裡。

被擺設成餐廳的活動室和平常一樣熱鬧，如果不是更加嘈吵的話。今天是學校休息的週六，所有孩子不管年齡大小，已經全部圍成了一圈就座。

當我們走進去的時候，大家都安靜了下來，只剩下嚥口水和肚子咕咕叫喚的聲音。空氣中氤氳著黃豆的鮮香。然而，對於孩子們的轆轆飢腸，另外一種飽含油腥的氣味，才是更加難以抗拒的誘惑。

「豆漿和油條，」胖爸爸興奮地說，「你們到了外國，可就吃不到啦！」

我坐到自己的座位上，前所未有那麼強烈地意識到，這將會是最後一次了。

張媽媽宣佈早餐開始。

我捧起盛得滿滿的碗，灌下一大口豆漿，柔滑甘甜的液體溫暖了渾身每個角落。然後我拿起一根油條，脆生生地把它掰成了兩半。

11

金黃酥脆的表層之下，是柔韌筋道的麵餜；牙齒和筷子分別夾著兩端，各自朝相反方向撕扯，便咬下來妙不可言的一口。再細細加以咀嚼，只覺油而不膩，恰到好處的鹹味縈繞舌尖之上，吮指留香。

在歐洲，我喜歡法國的羊角包、英國的司康餅，當然還有德國著名的椒鹽捲餅。作為人類最主要的食糧之一，小麥麵粉在全世界都有獨特的加工方式，由此誕生了花樣百出的麵包和點心；但就我而言，不論是別的什麼，也無法比擬油條的滋味。

因為這是屬於**智慧**的味道。

油條內部軟韌的口感，乃是來自於發酵粉加熱後產生大量的二氧化碳，讓麵糰在脹大的同時變得蓬鬆。然而，在高溫的油鍋裡，不過短短數秒之間，麵糰的表面便會變得堅硬，使形狀固定下來而無法繼續膨脹；假如油溫不足的話，又無法使外皮達到酥脆可口的境界。

祕訣在於，油條是**兩根**放在一起炸的。

把兩段細長的麵糰並列摞在一起，用長竹筷從中間壓緊使其黏合，然後才下油鍋。這麼一來，兩根油條黏連的部分便不會和滾油直接接觸，因此始終保持著柔軟未定型的狀態，從而可以不斷膨脹，達到外脆裡韌的效果。

無法想像，究竟是怎麼樣的一次天才閃耀，才讓我們的祖先洞悉了其中的玄機。

喔喔喔——

遠處，一隻偷懶的公雞恬不知恥地發出遲到的晨鳴。時間大約是上午十點，在慕尼黑則是凌晨四點。時差偶爾從我身上擠出一個呵欠，但在山村早晨清冽的空氣中，精神卻是抖擻無比。氣溫隨著太陽高懸而節節攀升，預示著今天將會有一個不錯的天氣，和緩的微風此起彼伏，讓人不至於感覺炎熱。

早餐就在露天的院子裡擺開，我和溫幼蝶各自佔據了一條長板凳，屁股底下還能感覺到榆木的疙瘩。一張簡陋的摺疊方桌置於中間，銹跡斑斑的桌腿比我的盲杖還要纖細，夾板桌面搖搖欲墜，似乎只要隨便將手往上頭一擱，都有可能會讓它整個兒翻倒。桌面上除了油條之外，還放著一竹籃肉包子、一碟鹹菜、一碟辣椒以及兩大塊醬豆腐。

不加糖的豆漿盛在粗瓷製的海碗裡，我抬頭一飲而盡，結果吃到了滿嘴豆渣。撇去那粗糙乾澀的口感不談，倒也別有一番甘香。

「還要嗎？」阿香在一旁笑道。

我點點頭。這頓早飯吃得大快朵頤，令人不禁相信，這接下來的一整天也將會同樣順利。對此，我們年輕的女主人無疑居功至偉。

小光的這個案子比較特殊，很難想像會有什麼人因此得益——

溫幼蝶昨天晚上說的話又在耳邊迴響。

阿香當然無法猜到我的心思，親切地往我的碗裡斟滿豆漿。她並沒有徵詢在座的另一位客人，後者正在悠然自得地啜飲著一瓶瓶裝橙汁。

「這豆漿是用石磨磨出來的嗎？」我問阿香，純粹是想找些無關緊要的話來說。院子裡就有一盤碩大的石磨，距我們不過幾步之遙。

「不，」阿香似乎有些窘迫，「用的是豆漿機，那個，電動的。」

「噢。」

我原本打算恭維一番古法石磨豆漿的天然味道，如此一來卻也只能作罷。幸好，在尷尬的沉默出現之前，溫幼蝶適時地接過了話題。

「水呢？」她問，「是用的井水還是自來水？」

「溫姐妳放心好了，」阿香顯然誤會了她的意思，連忙解釋道，「豆漿，還有我們做飯用的水，全部都是自來水來的。」

讓我鬱悶的是，這兩人現在好像正式以姐妹相稱了。這樣的話，豈不是連阿香也要比我高出一輩了嗎？

「自從小燕那件事以後，村裡已經沒有人吃井水了。」她接著道，「大家都說，那個，這口井是通往地府的，裡面的水吃不得。以前還有些膽大的人會從井裡打水，用來洗洗衣服、拖拖地板什麼的；但現在又死了一個人，誰也不願意再往那裡去了。」

「井在什麼地方？」溫幼蝶不假思索地問道。

我差點兒把滿滿一口豆漿全噴出來。這麼明目張膽地表現出對那口井的興趣，也未免太欠缺考慮了。

果然阿香立刻便產生了懷疑，「姐，妳問這個幹啥？」

「我想去看看。」溫幼蝶繼續口沒遮攔地說，「難得來一趟，雖然有些恐怖，但通往地府的水井，這不是很有趣嗎？現在又是大白天的，總不至於會有什麼危險。」

見對方還在猶豫，她又揶揄道，「況且，還有阿本保護我呢。」

阿香沒有辦法了。「從這裡出發的話，倒還真是有條近道。」她說，「不要出大門，在院子裡走到最上頭，就是你們住的房間頂上，那兒西邊有個側門可以到外面去。出去以後繼續往西走，途中會遇到幾條上下坡的岔路，不要管它們，一直走到頭就是了。」

她的描述非常簡明清晰，大概是之前已經為不少記者指過路的關係。

溫幼蝶又詢問前往五婆婆家飯館的路線。這次阿香便沒有顧慮地回答了，順帶還推薦了幾個家常菜——剛才的油條和包子也是從那裡買來的，她說。

在這個結構特殊的三層院子裡行走，很容易領略到黃土高原上窯洞的奇妙。這種古老的建築文化，據說最早能追溯到四千年前的夏朝。和整個村子一起，招待所建於一處平緩丘陵的南坡之上，窯洞便從土山的山崖上開鑿出來。因為門窗都朝南，所以總是擁有充足的陽光；而厚達數米的黃土構成的牆壁和屋頂，則保證了室內冬暖夏涼。

連同阿香自住、兼作接待用途的那間在內，底層共有五個窯洞一字排開，其餘四間皆為空置的客房。東側有一道直上直下的樓梯，一共是三十七級臺階，往上通往第二層的院子。受到地形限制，這一層就只挖了兩個窯，我佔據了西邊的一間，溫幼蝶的房間則位於更靠近樓梯的位置。

樓梯並未到此為止，而是在幾步開外的地方繼續上行。和昨天晚上一樣，我刻意數了一遍臺階的數量——對於一個盲人來說，這些細節說不定什麼時候就會派上用場——共有四十八級。這說明了本層的窯洞要嘛空間更高，要嘛有著更厚的屋頂。

頂層同樣也是五個窯洞。由於山勢的關係，東頭的一間朝山裡面凹進去了一截，於是在門前形成一塊較為寬敞的平地。盲杖不經意地碰到地上的某個東西，竟讓它骨碌碌地滾到了一邊；使勁一嗅，可以聞到蒸發在空氣中的淡淡甜香，原來是滿地曬著的玉米棒子。

山下傳來瓷器碰撞的聲音。我駐足傾聽，阿香正在收拾餐桌上的碗筷。

「那裡就是她說的側門，走吧。」溫幼蝶湊過來道。

我並沒有立刻跟上。「你們國際刑警，難道就沒有更巧妙一些的訊問方法了嗎？」我抱怨道，「現在阿香小姐知道我們對那口井感興趣了。」

「非常好。」溫幼蝶令人十分不爽地讚揚道，「看來，你也終於明白謹慎的重要性了呢。」

「嘿，」我針鋒相對地譏諷道，「原來妳還記得『謹慎』這個詞啊。」

「所以她知道了——那又怎麼樣？全中國現在也許有超過一億人都對這口被詛咒的井感興趣。我們身處當地，假如不適當表現出一點兒好奇心的話，反而是欲蓋彌彰。別忘了，待會兒到井邊去的時候，我們也很可能會被某個村民看見，那麼現在遮遮掩掩的又有什麼意義呢？」

她在我的盲杖上輕拍了兩下，再次提議道，「走吧。」

所謂的側門是一扇脆弱的鐵柵門，一推便開，似乎從來沒有上鎖的習慣。門外正如阿香所述，一條滿布沙礫的小路向西延伸。

臨近中午，陽光變得愈發猛烈，衣服被汗水黏在了身上。沿路感受不到絲毫樹蔭，也只有偶爾才能碰到一兩株低矮的灌木，黃土高原的貧瘠與荒蕪由此可見一斑。歷史上過度的農田開墾，使這裡的植被受到大規模破壞，從而導致了嚴重的水土流失問題。

沒有人迎面而來，也沒有人從身後越過，現在整條路上似乎就只得我們兩人。零星的腳步聲從其他方向傳來；到了阿香所說的其中一個岔路口，遠處的某個腳步聲戛然而止，大概是因為看見了奇怪的陌生人而吃了一驚。

「記住，」溫幼蝶自命不凡地說教道，「警察和偵探容易引起人們的敵意，但兩個好奇的普通人卻不會——事實上，他們自己也有著同樣的好奇心。只要我們維持在村民眼中人畜無害的形象，他們甚至會樂意分享一些有用的情報。走著瞧吧。」

她的長篇大論聽起來沒完沒了，所以我很高興我們終於抵達了小路的盡頭。這是三面環山的一小片空地，從招待所的側門算起，大約是十五分鐘的路程。

水井位於空地的中央，帶著某種莫名的突兀感，彷彿是人身上一個深入骨髓的傷口。近似圓形的井口由數層磚塊砌成，高度甚至不及我的膝蓋。四周缺乏最起碼的安全保護設施，讓人不禁覺得，這麼多年只發生了兩起墜落事件簡直已是萬幸。我小心翼翼地在井邊蹲下，伸出腦袋從井口俯瞰，聽不見半點水聲，卻能聞到一股潮濕的氣息。

我又將盲杖豎直朝向井口，啟動超聲波開關。從手柄處傳來了極其微弱的振動，說明井底深不可測。

僅此而已。如果說我期待找到死亡留下的蛛絲馬跡，或者那兩個被深淵吞噬的人曾經存在過的證據，那我是註定要失望了。

就在這時，一陣涼颼颼的寒意忽然襲來。

我當然不會愚蠢到認為這是從井裡冒出的幽冥陰風。距離井口十餘步遠的地方，赫然生長著一棵高大的槐樹，枝繁葉茂——毫無疑問，它的根部與地下水源直接相通。濃密的樹冠遮擋住了熱辣的陽光，在井的周圍投射出一大片陰影。

但我感覺到的卻不僅僅是涼快，而是**冷**。

不合理，這根本**不合理**。

必須承認，我從來就不相信王禧娣是傷害小光的兇手。和網路上的主流意見一致，我認為王禧娣並非畏罪自殺，其墜井很可能是真凶所為——正如她的丈夫李順所聲稱的那樣，在她經過井邊的時候，輕輕推上一把。

問題是，王禧娣為什麼會到井邊來呢？

水井位於小路的盡頭，這裡三面環山，是不折不扣的一條死胡同。在村子內行走，無論從哪兒出發，到哪兒去，都不須要經過井邊。也就是說，除了這口井本身以外，她不可能有其他目的地了。

她並不是來打水。阿香說過，只有那些膽大的人才會使用井水，這其中顯然並不包括王禧娣在內。李順的證詞也曾提到，妻子最初便是因為小燕的意外而受到驚嚇，之後，她無疑只會對這口井敬而遠之。

然而，事實是人們最終在井內發現了她的屍體。

如果一個人走到井邊，卻不是為了打水的話，那麼結論將是——

不，肯定還存在別的解釋——比如說，兇手首先在別的什麼地方將她殺害，然後把屍體扔進井裡；或者，只是設法使她失去知覺，再利用重力去完成那致命的一擊。

——但是，對於兇手來說，這是極其冒險的舉動。不管是屍體還是昏迷不醒的活人，移動起來都非常不容易；假如兇手是女性的話，那就更加困難。此外，黃土高原上幾乎沒有樹木掩護，在這光禿禿的山腰間行走，被目擊的可能性也非常高。

——那麼這樣又如何？兇手利用了某個藉口，跟王禧娣相約在井邊見面。趁她不注意的時候突然發難，一把將她掀進井裡。

——倒是挺不錯的伎倆。不過，怎麼才能保證王禧娣會應約前來呢？畢竟，這可是一個長期讓她存有心理陰影的地方。

——也許，兇手是一個她熟悉而且信賴的人。

——也許。但即使如此，非得約在井邊見面不可，而且不會令王禧娣起疑心的理由，又是什麼？

當第一天的調查接近終點的時候，我發現自己端坐在五婆婆家的飯館裡，仍然糾結於王禧娣那充滿違和感的葬身之地。遺憾的是，儘管已經絞盡腦汁思考，還是沒能找到一個合理的解釋。

「並非如想像中的那麼有趣，是吧？」溫幼蝶調侃道。

我淡然一笑，喝下一口生澀卻非常解渴的毛尖茶。雖然對水井的調查沒有朝我所希望的方向發展，但我比昨天更加堅信，到這裡來是一個正確的決定。在此前的新聞裡，無論是主張王禧娣有罪的報導也好，主張她是被陷害的報導也好，都隻字未提水井的地理位置——顯然，記者們並沒有意識到這一點的重要性。

五婆婆這時顫巍巍地迎過來，從沒有牙齒的嘴裡咕噥出一句我沒聽懂的話。

五婆婆當然是排行第五。小時候被人叫做五丫頭，長大一些改口叫五姑娘，出嫁了以後就是五嫂子，後來又慢慢變成五大娘。輪到阿香這一輩的時候，就管她叫五婆婆了。

「我奶奶問你們喜歡吃點兒什麼。」一個年輕熱情的聲音說。

「不好意思，我們這兒的話不太容易聽懂。」另一個同樣年輕，但讓人感覺更加穩重的聲音馬上接道，「兩位就是阿香說的客人吧。」

「一定要多住幾天啊。」第一個年輕人嬉笑著說，「託你們的福，又能每天早上見到阿香過來買油條了呢。」

兩人說話出奇地連貫，簡直就像是從同一張嘴裡冒出來的一般。連見多識廣的溫幼蝶也不由得一下懵了，「你們……是雙胞胎？」

「是的。」第二個年輕人回答，「我叫來富，他是我的弟弟——」

「來貴。」來貴接道。

我們按照阿香的推薦點了菜，隨後便和這兄弟倆攀談了起來。五婆婆在旁邊津津有味地聽著，不時插入兩句不知所云的方言。習慣上，村裡人都說這兒是五婆婆家的飯館，不過由於她年事已高，掌杓的任務其實早就已經交給了雙胞胎的父親。店裡也經營早點，這是一件辛苦而並不賺錢的事情，之所以堅持做下來，主要只是為了方便下地幹活的村民們。為此兄弟倆必須每天起早摸黑，來富負責蒸包子，炸油條則是來貴的工作。

「對了，」來貴忽然話鋒一轉，「你們今天是去看那口井了吧？」

我暗自歎了口氣。在像這樣的村子裡面，果然是沒有任何祕密可言的。

「別多管閒事！」來富急忙斥道，「這樣可是會給人家添麻煩的！」

「怎麼樣？」來貴絲毫不理會哥哥的警告，「你們也不相信阿順嫂是自殺的，對吧？」

我愣了好一會兒，才明白過來阿順嫂指的就是王禧娣，這自然是因為她的丈夫叫李順的關係。

「真是胡說八道。」來富的語氣顯得毋庸置疑，「縣裡面來了那麼多警察，什麼都已經調查過了，後來電視新聞也播了，你還能比他們更清楚嗎？」

這兩兄弟互相爭論的時候，我暗忖，簡直就像是一個雙重人格患者在自言自語。

「呵呵，」溫幼蝶別有深意地笑道，「怎麼你們倆還對破案感興趣？」

有生以來，我第一次為自己是個盲人而感到幸運。這樣，至少可以不必看見她那趾高氣揚的神情。

「不好意思，」來富賠笑道，「我弟弟一直在說，阿順嫂——就是小光的姑媽——是被真正的兇手殺死的。不過請放心，當然都是一些沒有根據的妄想罷了。」

「你不也是一樣嗎？」來貴反唇相譏，「你說，五年前**小燕是被阿順嫂推到井裡的**，難道就有什麼根據了？」

我意識到，自己已經被兄弟二人的對話牢牢吸引住了。

「五年前，我親眼看見的，在大家從井裡把小燕撈上來的時候；」來富道，「還有這次小光出事了以後，阿順嫂的反應都十分奇怪。這算不算是根據？」

「什麼反應？」我和溫幼蝶異口同聲。

「你應該還記得吧？」來富對弟弟說，「五年前，阿香突然跑來喊我們去救人——當時我正在和麵，雙手全都被糊住了，所以是你和老爸先跟著她衝了出去。後來我趕到井邊的時候，小燕已經被撈了起來，所有人圍成了一圈，注意力都集中在小燕的身上；於是，除了我以外，你們誰也沒有看見，阿順嫂一個人躲得遠遠的，臉色比紙還要蒼白，嘴裡像中了邪一般唸唸有詞。而且，從那天開始，她就變得越來越古怪——幾乎很少出門，別人見面跟她打招呼，她卻驚慌失措地跑掉了。」來富看見我皺著眉頭，連忙再次道歉，「對不起，說了讓你們不舒服的話吧。」

當然，他不可能讀懂我此刻的真正想法——如果這些情況屬實，那麼對於本案的來龍去脈，恐怕就有必要重新推理一遍了。

來貴並不服氣，「這根本只不過是你自己的胡猜亂想罷了——不說別的，阿順嫂幹嘛要害小燕呢？所有人都知道，阿順嫂待小燕就完全跟親生女兒一樣，所以在那個時候，遭到了特別巨大的打擊也很正常吧。」

「確實，阿順嫂對小燕和小光都很好……」來富話鋒一轉，「但你敢說，這不是因為她自己沒有孩子的關係？看著侄兒侄女在身邊活蹦亂跳的，她其實心裡是很難受的吧。這日子一久，精神就出現問題了，然後——就像那些警察說的那樣——導致了暴力傾向。」

「嘿，你現在又相信警察了？五年前，警察也說了小燕掉到井裡只是意外啊，你怎麼卻不相信？」

「你剛才說，」在另一輪無意義的爭辯開始之前，溫幼蝶及時打斷了他們，「這次阿順嫂的反應也很奇怪，是嗎？」

「是的……」來富的聲音忽然有些顫抖，「案件發生以後，除了接受警方的訊問以外，她就一天到晚躲在家裡。就在她投井之前的那天，有人看見她從警察那裡出來，一路魂不守舍的，自言自語地說著一些恐怖的話——什麼『小心有鬼……』『啊，不要抓著我……』『我就是鬼……』諸如此類，大概是徹底精神崩潰了吧。」

儘管夏日炎炎，但我感覺背上已經滲出了冷汗。

「不管怎麼樣，」來貴依舊固執己見，「阿順嫂也不可能是傷害小光的兇手。」

「哦，那又是為什麼呢？」溫幼蝶馬上因勢利導。

「因為有小光**本人**的證詞。」

「什麼?!」

「是真的——只不過，為了盡快結案，警察刻意隱瞞了那些會引發爭議的證據。」來貴恨恨地說，「他們聲稱，小光由於受到驚嚇而完全不記得案發的經過；但實際上，小光能夠回憶起一些零碎的片段，比如說，那個女人的**口音**。」

「口音？這是怎麼回事？」

「是這樣的，」來富解釋道，「我們村子，說的是一種非常特別的方言——就是剛才我奶奶說的那種話——外地人很難聽懂。雖然我們這一代已經習慣了說普通話，不過，年紀稍大的人還是說方言為主。」

「……沒錯。」對於哥哥有些示弱的姿態，來貴似乎頗感意外。「在調查期間，確實有一位女警察問過小光：『帶你走的那個人，她說的話是什麼樣的？是像媽媽說的話，還是像警察阿姨說的話？』」

「結果小光回答，」我忍不住道，「『像警察阿姨說的話』嗎？」

「完全正確。這就證明了，兇手根本不是我們村裡的人；那樣一來，阿順嫂自然也就洗脫了嫌疑。可是，那些警察一心要把罪名安插在她頭上，所以故意辯稱小光記憶模糊，不肯接納作為證據。」

「但是，」來富這才從容不迫地開始反駁，「阿順嫂可跟奶奶不一樣，她本身就會說普通話，而且還在縣城住過一段時間。因此，即使小光的記憶是正確的，也不能證明那人一定不是阿順嫂。」

「你什麼時候聽過阿順嫂跟村裡人說普通話？」

「沒有，可並不代表她永遠都不會說。」

「你這是強詞奪理！」來貴惱道，「那麼，小胖子的證言你又要怎麼解釋？」

出乎意料地，來富並沒有進行回擊。飯館內一下子安靜了下來。裡屋的廚房傳來鍋杓碰撞的聲音，陣陣鮮香湧出，是兄弟倆的父親在翻炒拌麵條的臊子。

「請問，」溫幼蝶謙恭地說，「誰是小胖子？」

「小胖子是村裡老鐵頭家的孩子。」來貴答道，「那天，他目擊了小光跟隨那個女人離開時的情形。」

「那個，所謂的證言是指……？」

「他看見了，那個女人的樣子。」

「他看見的只是一個背影。」來富有些心虛地說，「而且，當時在場的孩子裡，也沒有其他人能證明小胖子的話。所以警方才決定對此不予採信。」

「警察之所以這麼決定，」來貴咬牙切齒地說，「是因為小胖子的話會徹底推翻他們的結論。」

「小胖子到底是怎麼說的？」我急忙追問。在好奇心的驅使下，我早已把謹慎的原則忘記得一乾二淨。

「他說，他看見那個女人的頭髮，是黃色的。」

12

「我們的，頭髮，是，什麼，顏色？」

我勉強地說著生硬的英語，單詞之間帶著不自然的停頓。

「……黑色。」

我的妹妹，曾經被稱為小茉莉的雅絲敏・維特施泰因，無精打采地回答道。

與之形成鮮明的對比，從房間角落的錄音機傳來某個充滿磁性的男聲，演唱著一闕遙不可及的旋律，宛若天邊的雲彩。

遙遠的東方有一條江
它的名字就叫長江
遙遠的東方有一條河
它的名字就叫黃河

力量於歌聲中逐漸積聚，鼓舞著卑微軟弱的心靈。

「我們的眼睛，是什麼顏色的？」

「……黑色。」

雅絲敏輕輕地歎了一口氣，那並沒有逃脫我的耳朵。昨天，她興致勃勃地跑來讓我陪她玩「手術」遊戲[15]；但我拒絕了——過去的經驗表明，僅僅依靠觸覺，是無法有效地操作那把鑷子的。或許，我暗忖，她還在因為這件事而耿耿於懷。

古老的東方有一條龍
它的名字就叫中國
古老的東方有一群人
他們全都是龍的傳人

我努力無視彌漫的消極情緒，繼續展開腳本中的第三段對話。

「我們的皮膚是什麼顏色的？」

作為中華民族不可磨滅的特徵，答案當然是顯而易見的。以對話問答的表現方式，配合背景音樂以增強戲劇效果，則是我原創的設計。靈感正是來源於這首〈龍的傳人〉。

「……」

我滿心期待著，然而這次雅絲敏卻不說話，片刻凝重的沉默過後，她轉身朝房間的角落走去。

巨龍腳底下我成長
長成以後是龍的傳人
黑眼睛黑頭髮黃皮膚
永永遠遠是龍的——

喀嗒。

錄音機上的正方形按鍵被無情地揿下，卡匣裡的磁帶當場停止了運轉，節奏澎湃的歌聲亦隨之戛然而止。

「妳幹什麼？」我驚愕不已，「我們還在排練啊！」

「……我不要練這個。」雅絲敏咬著牙道，語氣中竟彷彿帶有深深的怨恨。

「可是，特魯曼小姐說過，明天上課的時候，大家要用英語介紹自己的國家……」

——請盡可能運用那些你們已經學會了的詞彙；當然，畫畫、唱歌以及其他表演，也是

15. 手術遊戲（Operation）：起源於美國的流行兒童遊戲。遊戲目標為操作鑷子，將指定的「疾病」（形狀不規則的塑膠部件）從「病人」（帶有多處腔洞的遊戲本體）中移出，過程中，鑷子及塑膠部件均不能觸碰腔洞的邊緣。

同樣受歡迎的。上星期五，特魯曼小姐確實說了這樣的話。

在德國度過了兩個聖誕節以後，從今年起，我們已經變成了小學生。這是一所從一年級起便教授英語的私立學校，位於慕尼黑市中心的路德維希大街[16]之上，離家大約是步行十五分鐘左右的路程。同學中只有不到三分之二是德國人，餘下的三分之一來自世界各地，多數是因為父母工作的關係而在德國居住；可惜的是，除了雅絲敏和我以外，班上並沒有其他中國學生。渾身散發著髮蠟氣味的特魯曼小姐則是英國人，擔任一年級的主科教師，舉手投足間皆透出一股莊嚴，每每會讓我想起張媽媽來。

「我才不在乎特魯曼小姐。我才不在乎她說了什麼。」雅絲敏任性地說，「反正我們不要這樣做，我不要這樣做。」

——維特施泰因先生，我們很榮幸接收令嫒入學。至於令郎的情況，依我看，還是讓他進入為盲人開設的專門學校比較好吧。

——不，校長先生。本傑明必須和雅絲敏一起進入貴校，我將十分堅持這一點。考慮到本傑明視力復原以後的人生，他必須從現在開始便接受一流的教育。

——可是，如果連茲威格醫生都無法治癒……

——您大概是指茲威格爾醫生。茲威格醫生是本傑明的心理治療師，病歷上他們兩位的名字很容易被混淆。

——啊，是的。如果連茲威格爾醫生都無法治癒，令郎的這個病叫什麼來著……

——先天性黑蒙症。您說的對，目前，即使是這個國家最優秀的眼科專家也對其束手無策。但我有信心，在不久的將來，世界上必定會研究出有效的治療方案。

——既然您都這麼說了，那好吧。不過，學校不可能單獨照顧令郎一個人。假如今後，本傑明無法跟上正常的學習進度的話，我便不得不讓他退學。請您見諒。

——我認為這非常公平。謝謝您，校長先生。

校長辦公室內傳來一陣沙沙聲，大概是達成共識的二人正在簽署相關的文件。我忐忑不安地等候在門外，心怦怦直跳；雅絲敏雖然和我在一起，卻絲毫不覺得緊張。校長辦公室安裝了一扇厚重的橡木大門，對於普通人來說，這足以阻隔兩邊的任何聲音。因此她一點兒也不瞭解，我想要留在這所學校的迫切心情。

「這是兩個人的劇本，」我怯餒地說，「我一個人演不來……」

「那就不要幹這種蠢事！」雅絲敏叫嚷道，「你又**不是**中國人！我們現在是**德國**人！介紹德國這種事，交給瑪蒂爾達她們就好了。」瑪蒂爾達是我們的同班同學，來自一個純正的德國家庭。

16. 路德維希大街（Ludwigstraße）：慕尼黑四條皇室大道之一，南起音樂廳廣場（Odeonsplatz），北至凱旋門（Siegestor）。在十九世紀由巴伐利亞國王路德維希一世（Ludwig I., König von Bayern）下令建造。

說罷，雅絲敏怒氣騰騰地衝出了房間，和恰巧路過的魏默太太撞了個滿懷。後者發出了疼痛的呻吟，肇事的女孩卻頭也不回地跑掉了。

「魏默太太，」一個腳步聲從遠處匆匆趕來，「您沒事吧？」

強壯如牛的巴伐利亞人當然不會如此輕易被擊倒。魏默太太離去後，伊蓮走了進來，立即被我那垂頭喪氣的樣子嚇了一跳。

「本，你和小雅吵架了嗎？」須臾，她才小心翼翼地問道。

伊蓮仍然在說德語。從她的立場來說，這本來無可厚非，但卻讓我的心情變得更壞了。

兩年前，在我們來到新家以後的第二個星期，雅絲敏便開始每天參加德語課程。這項課程由聯邦教育及科研部主辦，專門為長期在德國生活，但缺乏德語基礎的兒童而設立。上課的第一天，雅絲敏搬回來厚厚的一摞教材，全部都是看圖識字用的畫冊。

不言而喻，這種教學模式對我是不適合的。

伊蓮正是在這個時候進入了我的生活。她是來自中國的留學生，被聘用為家庭教師；其職責是通過中文與我交流，然後進行逐字逐句的翻譯，使我學會相應的德語。英語裡有二十六個字母，德語儘管比英語多了「ß」、「Ä」、「Ö」、「Ü」四個，但也只是小菜一碟而已。

然而，伊蓮的工作遠算不上輕鬆。經過幾個月的練習，在詞彙和語法方面，我已經掌握得相當不錯；至於口語，因為被養父母、魏默太太，甚至雅絲敏包圍著，即使想不進步神速也難。問題在於，伊蓮還試圖讓我拿起鉛筆。

書寫——對於這種自己無法感受到成果的事情，我毫無保留地堅持抗拒態度。

直至伊蓮開始教我**漢字**。

在寫字的時候，如果足夠用力，筆尖便會在紙張上壓出凹痕。雖然不如麻將牌或鉛字粒般明顯，但仔細用心的話，確實也能從指尖上感受到字的形狀。伊蓮首先把每個字寫成手掌般巨大，待我記住以後，再手把手地教我將字寫成正常的大小。一旦學會了書寫漢字，德語什麼的自然就更不在話下。

父母對此無疑是心花怒放。除了提高了伊蓮的薪水以外，他們甚至打算讓雅絲敏也繼續學習中文，但後者並未表現出多少興趣，最終也就不了了之。

作為對維特施泰因家知遇之恩的回報，伊蓮自行學習了布萊葉點字法[17]，和我一起嘗試以盲文閱讀。《綠野仙蹤》、《安徒生童話》、《愛麗絲夢遊仙境》、《木偶奇遇記》……既有中文版也有德文版。正因為有了這樣的基礎，養父才信心滿滿，堅持我不必進入盲人學校。

「**本**？」

17. 布萊葉點字法（Braille）：即六點式盲文，又稱點字、凸字。由法國盲人路易・布萊葉（Louis Braille）於一八二四年創造。

伊蓮又問了一遍，語氣間顯得頗為擔心。

我搖了搖頭，抿起嘴唇，努力不讓她看見委屈的表情。我走到無聲無息的錄音機前，將卡匣裡面的磁帶取出。

「這個，還給妳。」我用中文對她說。喉嚨深處卻傳來一陣苦澀。

「〈龍的傳人〉的磁帶？」伊蓮詫異道，「你們明天上課不是要用嗎？」

「……」

我沒有回答，但伊蓮似乎已經洞悉了一切。

「你留著聽吧。」她假裝輕快地說，「我的電腦裡還存著MP3。」事實上，最初我便是從伊蓮那裡聽到的這首歌；後來特魯曼小姐的作業讓我想起了裡面的歌詞，才特地請她翻錄成能在教室裡播放的磁帶。

「伊蓮，」我小聲嘀咕道，「德國真的是要比中國好嗎？」

「什麼？」不知道她是沒有聽清楚，還是對這個問題感到措手不及。

「伊蓮，妳為什麼要來德國呢？」

「我來這裡是因為上學，這個你是知道的呀。」

「但是為什麼？」我步步緊逼，「妳也可以在中國上學的吧。」

「呃……不可否認，就我主修的專業而言，德國的教學和研究水平，確實比國內的大學要更高一些。」

「那麼，上完大學以後，妳就會回到中國去嗎？」

我記得伊蓮曾提到過，明年夏天，她便可以修滿畢業所需的學分。

「這個……大概吧。如果能在這裡找到合適的工作，也說不定會再多留幾年。」

「是這樣嗎……」

「不過，」她連忙補充道，「我當然是會回國的。」

在這個世界上，有些人天生便具備識破謊言的能力。我開始相信，或許，我就是這種天賦的其中一個擁有者。

這天夜裡，我經歷了來到德國以後的第一次失眠。

於是我從床上爬起來，四周萬籟俱寂。大概就像書裡描寫的，愛麗絲掉進去兔子洞[18]的時候一樣，「漆黑一團，什麼都看不見」。

當然，這對我來說絲毫不成問題。我拿出明天派不上用場的磁帶，塞進WALKMAN隨身聽裡，倒帶，播放。

耳機裡再度響起那已經熟悉，卻仍然遙不可及的旋律。

18.〈掉進兔子洞（Down the Rabbit-Hole）〉：英國作家路易士．卡羅爾（Lewis Carroll）於一八六五年所著童話故事《愛麗絲夢遊仙境（Alice's Adventures in Wonderland）》中第一章的標題和情節。

遙遠的東方有一條江
它的名字就叫長江
遙遠的東方有一條河
它的名字就叫黃河

雖不曾看見長江美
夢裡常神遊長江水
雖不曾聽過黃河壯
澎湃洶湧在夢裡

13

河水咆哮嘶吼，巨響震耳欲聾；濁浪翻滾，以雷霆萬鈞之勢奔流遠去。

這是夢嗎？還是黃河的召喚？

——黃河，黃河在哪裡？

——而我又在哪裡呢？

——這麼說，我好像確實是來到黃土高原了。

黃河，發源於青藏高原的約古宗列盆地，蜿蜒往北，灌溉了富饒肥沃的河套平原；一路輾轉東行後急折南下，以晉陝大峽谷將黃土高原一劈為二；其後復又東行注入渤海，在中國地圖上勾勒出一個巨大的「几」字形。

——所以，這果然就是黃河的水聲吧。

——但是白天的時候卻沒有聽到，為什麼？

我從迷糊中醒來，水聲正逐漸消退，卻仍然不絕於耳。我並未理解其中的意味，順手抓起昨夜放在枕邊的手機，語音報時剛好是早上七點，慕尼黑的凌晨一點。

腦子還是有點兒發脹，但時差的症狀已經比昨天大幅減輕。我翻身坐起，使勁撓了撓一頭亂蓬蓬的短髮。

「你醒了？」

「HOLY CRAP!!!」我尖叫著從床上蹦了起來，差點兒沒把手機當作武器扔出去。

「別緊張。」只聽見溫幼蝶若無其事地說，「為了這點事就大驚小怪的，可是當不成偵探的哦。」

「妳……！」我為之氣結，一時竟說不出話來。

「我房間裡的馬桶好像壞了，來借你這邊的洗手間用一下。」溫幼蝶解釋道，彷彿這是理所當然的事情。

也就是說，我暗忖，剛才的水聲莫非是——

不對！現在這個不是重點！

「妳是怎麼進來的？」我義正辭嚴地質問道。

叮鈴。溫幼蝶的手中響起金屬碰撞的清脆聲音，以此代替回答。

「把房間鑰匙還給我。」我冷冷地說。前天晚上，阿香把兩個房間的鑰匙都交給了她保管，當時我鬼迷心竅覺得倒也無所謂，現在才感到後悔莫及。

「哼！真小氣。」溫幼蝶嘀咕著，將一枚黃銅鑰匙塞進我的手裡。

喔喔喔——

遠處傳來公雞寂寞的晨鳴，為新的一天揭開了帷幕。

心內驀地升起了某種不協調的感覺，好像有什麼地方不太對勁，卻又偏偏說不出來。

「看樣子你精神不錯，」溫幼蝶道，「那就起來收拾收拾吧。今天早點兒出發，咱們要去案發現場。」

「案發現場？」我揉著眼睛，「後山嗎？」

「不錯，路線我已經打聽好了。」

「稍等一下。我認為應該先去找小胖子，搞清楚案發當天，他看到的那個女人到底是什麼樣子的。」

昨天在五婆婆的飯館，從來貴那裡獲悉了驚人的祕密——有孩子目擊，帶走小光的是一個黃頭髮的女人。一般而論，中國人當然是黑頭髮，考慮到王禧娣的年紀以及生活背景，她會趕時髦去染髮的可能性實在太小。這一點也得到了來富和來貴兄弟的證實。

「嗯——」溫幼蝶沉吟道，「你說的也有道理。不過，我們沒有司法管轄權，所以要想直接上門詢問是不可能的。」

「那麼，要不我們先到他們平常玩耍的地方去守著。」我建議道，「假如妳看見小胖子的話，趁機找他問一兩個問題就行了。」這孩子既然身披一個如此響噹噹的外號，外表想必不會太難辨認。

「恐怕也不太行得通。」溫幼蝶潑冷水道，「你想想看，咱們已經來了一天半，有在村裡碰到過一個小孩嗎？」

我張口結舌。經她這麼一提，自從前天晚上抵達之後，確實尚未聽到過半句童言稚語。

甫一轉念，又明白了過來。對於小光一案，除了像來富這樣的少數派以外，大部分村民都相信兇手仍然逍遙法外。在暴力案件的陰霾籠罩之下，甚至還出現了器官販賣的傳言，父母家長自然都如驚弓之鳥，再也不允許孩子們上街玩耍了。

「無論如何，」溫幼蝶又道，「我認為來貴的話值得採信。畢竟從官方的角度看，這樁案子已經了結；我們只是路過的好心人，他並沒有欺騙我們的必要。至於那個孩子，不管事實如何，至少他相信自己看到了黃色的頭髮。即使再問一遍，他還是會給出同樣的答案吧。」

「按這個邏輯的話，來富也是一樣的啊。」

「是的，來富說的大概也是實話。這就出來問題了——他們的觀點是從根本上互相矛盾的。」

我不由得有些沮喪。原本以為只要實地調查，加以嚴密的推理，案件便能迎刃而解，在將兇手繩之以法的同時為王禧娣洗脫冤屈。沒想到幾乎兩天過去，不但沒有離真相更近一步，反而墜入了層層迷霧之中。

「喂，這副表情是怎麼回事？」溫幼蝶冷嘲熱諷道，「該不會是想打退堂鼓了吧？」

我本想嘴硬一番，卻拙於言辭。

「小子，抬起頭來！」突然，她似乎又變成了那個威風凜凜的國際刑警。「你以為查案總是會一帆風順的嗎？告訴你，在任何一個案件裡，你每得到十條線索，其中九條半最終都只會把你引向死胡同。然後你就知道，是時候該換個角度重新再來一遍了。這是調查的基本常識。如果你堅持不了的話，那還是把這些苦差事留給專業人士吧。」

溫幼蝶從我身邊擦過，推門而出。

「走啊。」她回頭道，「我在外面等你。」

我以最快的速度起床洗漱，換好衣服——直到這時我才意識到，身上只有昨晚睡覺時穿的一條短褲——一切收拾妥當以後，我把盲杖夾在腋下，從外面摸索著鎖上了門。

阿香已經在下面的院子裡擺開了飯桌，和昨天一樣，來富蒸的包子和來貴炸的油條一樣不少。溫幼蝶正咕嚕咕嚕地灌下了大半瓶橙汁。

囫圇吃過早飯以後，我們從招待所的正門出發。沿路是零星錯落的窯洞和磚瓦房，和鱗次櫛比的大城市有著天淵之別。家家戶戶的圍牆均由就地取材的黃土砌成，被盲杖戳中了，便愜意地吐出一陣煙霧。

大約十分鐘後，我們越過了位於村子盡頭最邊緣的一間房子。這座偏遠的山村究竟有多細小，由此可見一斑。

在村子的範圍內，儘管同樣不乏陡峭的斜坡，但總算是大體平整，沙土也只不過是堆積在道路的兩旁而已。然而一旦到了野外，黃土高原便顯露出了它那險惡的本來面目。崎嶇不平的山路上，覆蓋著厚厚一層濘滑的黃沙，單單是站立保持平衡也殊為不易。腳下時常踩到鬆動的石塊，或者踢中灌木的枯枝，一路磕磕碰碰，運動鞋裡面早已經灌滿了泥沙，令人忍無可忍。

每走二三十步，溫幼蝶便不得不停下來等我跟上。即使如此，我仍然堅持依靠盲杖獨立行走。她倒也並不勉強，只是說按照這種速度，恐怕還要走將近一個小時才能到達現場。

坦白說，事到如今，我並不認為那裡還能留下些什麼線索。不過，野外的新鮮空氣，以及適度運動後變得敏銳的神經，卻也許正是我現在所需要的。

隨後一路無話。不知不覺間，地勢開始逐漸提升，四周的植物也變得茂密起來。除了荊棘類的灌木以外，偶爾也能碰到一兩棵高大的喬木。地上的沙土消去了一些，取而代之的則是更多時刻準備著要將我絆倒的樹枝。

樹枝嗎——

這麼說來，案發當天，兇手和小光同樣也是沿著這條路進入後山。當時，他們各自在想些什麼？那時候，她是不是已經從地上看見了，某根可以作為兇器的樹枝？

等、等一下——

既然兇器是在現場拾到的樹枝，那就意味著，兇手並沒有事先準備其他兇器。難道說，這樁駭人聽聞的故意傷害案，竟是兇手**臨時起意**而犯下的？

我忽然意識到，一直以來，我都在執著於思考行兇的動機——甚至，我之所以堅持相信王禧娣是清白的，最重要的理由，也只是因為我無法認同警方公佈的作案動機而已。

不，不僅僅是我，其他人也是一樣。大家都在關注動機。阿香傾向於相信器官販賣的傳言；來富認為這是五年前那起慘劇的延續；至於溫幼蝶，則存有另外的懷疑……理當如此。因為每個人都想知道，究竟有什麼理由，讓人可以下手傷害一個年僅六歲的孩子？可以殘忍地挖出一個人的眼球？

然而，如果這不是一次有預謀的犯罪，關於動機的所有猜測，其實根本就沒有任何意義。

案件的全貌再次在腦海裡呈現——該換個角度重新來一遍了，是嗎？

暫且不管那些無法解釋的矛盾，也不要先入為主地認為某人有罪或無罪。僅僅以已知的事實作為基礎，從頭審視所有的可能性……

——黃色頭髮、說普通話的女人是誰？

——她為什麼要把小光帶到後山？

——小光為什麼願意跟著她？

——之後，在這裡究竟發生了什麼事情？

——王禧娣種種奇怪的表現意味著什麼？

——她為什麼要到井邊去？

——五年前小燕的意外，和這次的案件有什麼關聯？

啊呀……這麼說來……如果是那樣的話，會不會……

在頭腦深處的某個地方，一簇極其微弱的火花開始迸發。

是的，確實如此——很好，就這麼繼續，還差一點——真的只差一點了——

窸窸窣窣。

就在這時，背後忽然傳來了某個聲響。

「蝶姨！」我低聲呼喚，一邊踉踉蹌蹌地趕上去。但恰巧踩在了一堆沙子之上，鞋底一滑，身體便不由自主地向前撲去。

不會有錯，那是人類的腳步聲。

溫幼蝶驟然回頭，伸手用力架住我的肩膀，使我不至於跌倒。「怎麼了？」面對我突如其來的異樣行動，她的語氣也不禁緊張了起來。

「後面好像有人在跟著我們。」我指了指自己的耳朵。

對於我這聽覺的厲害，溫幼蝶早就領教過了，所以她立刻顯得十分重視。

「有多遠？」她同樣壓低聲音道。

我又仔細聽了一下，在這靜謐的山林裡，應該能夠聽到更遠的地方。「大概幾百米，」我不太確定地說，「五分鐘之內就會經過這裡。」

「走，」溫幼蝶不由分說地拉起我的手臂，「咱們先躲起來。」

於是我們偏離了後山的小路，攀上側面陡峭的山坡，在一排濃密的灌木叢後蹲下，勉強遮擋住兩個人的身形。除非來人特意抬頭朝這邊張望，否則應該不會被發現。相反，透過枝葉間的縫隙，溫幼蝶對山路上的情況則是盡收眼底。

窸窸窣窣，窸窸窣窣。

正如我預言的那樣，腳步聲逐漸接近，也愈發變得清晰了。我甚至可以判斷出來者是獨自一人，不出意外的話是一名男性。

窸窸窣窣，窸窸窣窣。

來了！

一個人沿著我們剛才走過的路線，迅速地接近這個臨時的藏身之所。

我屏住呼吸，讓所有感官都處於最興奮的狀態，監視著下方的一舉一動。

那人卻似乎正急著趕路，對周圍的環境沒有顯示出半點興趣，瞬間便超越了我們所在的位置，徑直繼續前行。

腳步聲也隨之在另一個方向漸漸遠去。

「是誰？」我迫不及待地問道。

「那個——我不知道。」溫幼蝶敷衍地回答，似乎心不在焉。

「什麼叫不知道?!」我不禁怒道。即使是個陌生的傢伙，至少也應該回答說「不認識」才對。

「我不知道，」她重複道，「他是**哪一個**。」

「什麼？？」

「剛才經過的人，是飯館那對雙胞胎裡的其中一個。」

我頓時呆若木雞。來富？還是來貴？這會兒應該是準備中午營業的時間，他不在店裡幫忙，跑到後山這裡來幹什麼？

「我說，」溫幼蝶陰沉地道，「你該不會能通過腳步聲來區分他們兩人吧？」

事實上，那並非完全不可能。可惜的是，對於昨天才認識的雙胞胎，我還沒有熟悉到那種程度。不過，要是能讓他開口說上幾句話，我倒有自信——

我忽然想到了某件事情，抬起頭來，在空氣中使勁抽了幾下鼻子。

「你在幹什麼？」溫幼蝶奇道。

我沒有回答，長身而起，打算離開這個簡陋的掩體。

「等一下！」溫幼蝶一把拉住我，「先別下去，一會兒他大概還會再經過這裡。」

我稍作猶豫，認為她說的有道理。直覺告訴我，不管那人是來富還是來貴，其目的地恐怕和我們是一致的。溫幼蝶顯然也持有同樣的想法。

枯燥的等待永遠都是最難熬的。如果同時還要蜷縮著身子，四周被長滿倒刺的灌木叢包圍，那就絕對堪稱為人間地獄了。彷彿體會到我的心情，僅僅過了幾分鐘，那個腳步聲便再度從遠處響起。

他確實正在往回走。然而，和之前剛好相反，他走得慢慢悠悠的，不時還乾脆停下來，在原地轉上一兩個圈。

簡直就像是在特地創造機會，我心道，好讓我能夠確認他的身分。拖泥帶水的腳步聲經過山路，逐漸消失於通往村子的方向。

「他好像回去了呢。」溫幼蝶判斷道。

「我想，我知道是哪一個了……」我喃喃道，一邊又抽了幾下鼻子。

「哎?!」她驚奇道，「你又聞到什麼了嗎？」

「不，什麼也沒有。」我搖搖頭，「所以他只能是來富。如果是每天負責炸油條的來貴的話，他身上應該充滿了油煙的氣味才對。」

我們牽著手，小心翼翼地騰挪回到路上。再度出發，不久便來到了曾經的案發現場。那裡有**三棵**大樹，溫幼蝶研究了半天，還是沒有辦法確定小光倒臥的準確位置。如同一開始猜測的那樣，這裡早已找不到凶案遺留下來的任何痕跡。乾燥的空氣中混合了沙塵和植物的氣味，卻偏偏嗅不出哪怕一絲絲的血腥。

不過，那些怎麼樣也無所謂了。剛才的那一段插曲，已經使我的興趣完全轉移到了別的事情上。

來富——毫無疑問，剛才他到這裡來過——他的目的是什麼？在這起雲譎波詭的案件中，他到底扮演了一個什麼樣的角色？

現在回想起來，昨天正是他言之鑿鑿，指控王禧娣不僅是傷害小光的兇手，更在五年前謀殺了小燕。

最簡單的答案當然莫過於：來富才是真正的兇手，是他殺害了王禧娣，然後把所有罪名都推到了她的身上。

問題是，不止一個在場的孩子證明，當時帶走小光的，是一個女人。事實上，小光自己也保留著相同的記憶，因此當被問到「是像媽媽說的話，還是像警察阿姨說的話」的時候，他也絲毫沒有覺得奇怪。

想不通。我恨恨地咬著牙，完全想不通。

唯有一點可以肯定的是，對於來富的證言，再也不能無條件地認為是真實的了。此外，因為出現了新的關鍵性變化，好不容易推理出來的某種可能性，頓時也變得毫無意義。

另一方面，溫幼蝶似乎也受到了不小的打擊。在返程的路上，她一言不發，只是緊緊地走在我的身旁，顯得心事重重。

「正在呼入：雅絲敏。」

就在我們即將進入村子的時候，手機卻突然響了起來。

「嘿，小雅。」我沒精打采地說道。

「幹嘛一直不接電話?!」對面傳來一聲劈頭蓋腦的大吼，震得我鼓膜生痛。

「什麼嘛，」我委屈地辯解道，「明明電話一響我就接了啊。」

「但我已經打了兩三個小時啦!!」雅絲敏餘怒未消地說。

我立即明白了是怎麼回事，「哦，我剛才在山裡面，手機大概沒有信號吧。」

「真是的！」她埋怨道，「別老這麼讓人擔心啊！」

隨後她開始了一番語重心長的說教，那氣勢幾乎就和母親如出一轍。幸運的是，有了多年豐富的經驗，對於應付這種局面我早已是駕輕就熟。其訣竅無非在於一邊唯唯諾諾，一邊設法把注意力轉移到其他地方——欣賞花園裡飄來的陣陣芳香，聆聽窗外鳥兒歡愉的歌唱，或者感受偶爾掠過髮梢的那一抹微風……

「對、對不起！那些剛好都賣完了……」

這是阿香的聲音，意味著我們離招待所已經不遠了。不過，她是在和誰說話？

「哎呀，連瓶啤酒都沒有嗎？」一個陌生的中年男人吧嗒著嘴，似乎相當不滿地說。光是聽他的聲音，彷彿就能感覺到一股濃濃的醉意。

「實在不好意思。」阿香圓滑地說，「那個，我給您再倒一杯豆漿吧。」

聽起來，好像是某位新入住的客人，正在吃我們剩下來的早飯。雖然，現在已經超過十一點了。

「姑娘，這地方就只有妳一個人在管哪？」那酒鬼大叔不懷好意地問道。

聽不到阿香的回答，也許她是在故意裝糊塗。

正好，那就讓我來替她解圍吧。我這麼想著，盲杖便向招待所大院裡面探去——

一股巨大的力量扯動我的右手，將尚未落地的盲杖硬生生地拉了回來。我猝不及防，剛要失聲呼喊，才發覺嘴巴也被捂得嚴嚴實實的，半點聲音也發不出來。

我毫無招架之力，像隻小雞似的被拽到了一旁。

溫幼蝶伏在我的耳邊，輕噓了一下以示噤聲，然後才慢慢將手放開。令我震驚的是，她的手竟在劇烈地顫抖著。

手機裡，雅絲敏的絮叨還在不住地傳來。

而就在同一時刻，我初次聽見了那個男人的聲音。

「謝謝招待。」他大概是對阿香說。

火辣辣的太陽仍然炙烤著大地，我卻像是掉進不見天日的水井裡一般，渾身冒出了雞皮疙瘩。

陰鷙、冷酷，彷彿帶著來自地獄深處的怨恨——如果黃泉路上真有勾魂使者存在，它發出的一定就是這樣的聲音。

榆木板凳吱呀挪動，兩個男人同時站了起來。

毫無疑問，溫幼蝶認得這兩人——躲藏，這是她看見他們後的第一反應。

在某種意義上說，我可以理解她的恐懼。那位色迷迷的酒鬼大叔，或許頂多只是讓人厭煩而已；但另外的這個傢伙，卻結結實實地散發著一股危險的氣息。

「蝶姨……那些傢伙是什麼人？」感覺一天下來，我只是在不斷地重複這個問題。

「總之，絕對不可以去招惹他們。」溫幼蝶答非所問，而她的聲音也像是從墳墓裡傳出來的一般。

14

果然，他們就在這裡——那兩個危險的惡棍。

我屏息靜氣，再次抓緊了手中的盲杖。漫長的冬天即將結束，但鋁合金的杖身仍然散發著寒意，透過握柄上的橡膠直刺掌心。

「本……」女孩瑟縮在我的背後，顫抖的兩手緊張地拉扯著我的衣袖。

「不用怕。」我柔聲安慰道。卻無法肯定這是對她還是對我自己說的。

於是我牽起雅絲敏的手，大搖大擺地從街角的陰影中走出去，讓我們的身形徹底暴露在對方的視線之下。

那兩個臭名昭著的傢伙一同目瞪口呆，似乎完全不敢相信我們還會出現在這裡。

「嘿呀呀，這不是貴族學校的猴子們嗎？」從驚訝中恢復過來以後，惡棍甲扯著嗓子，含混不清地叫道。

「女士們先生們！快來看哪，精彩的馬戲表演可就要開始了哦！」惡棍乙是個頭腦簡單的蠢貨，舌頭彷彿打了個結一般，愚不可及地賣弄著自以為幽默的笑話。

我感覺眼角和鼻樑之間的肌肉狠狠地抽搐了兩下。大腦彷彿一臺失去控制的機器，完全無視我的意志，將已經封印於記憶中的那一幕，又栩栩如生地重溫了一遍。

「嘿呀呀，貴族學校現在也招收猴子了嗎？」

那一天，同樣是在放學路上，突然聽到路旁傳來了這麼一句。

說話的男孩——後來被我稱為惡棍甲——以及他的同伴——後來被我稱為惡棍乙——得意洋洋地笑了起來。我並不認識這兩個人，但可以肯定，他們是公立學校的學生。毫無疑問，我和雅絲敏身上的校服出賣了我們的身分。

在這一片街區，和許許多多其他街區一樣，絕大多數孩子都會前往政府創辦的公立學校上學；不過，我們所就讀的，這所巴伐利亞州內首屈一指的私立學校亦同樣座落於此。在德國的義務教育體制下，公立學校是完全免費的，但私立學校卻價格不菲。無需贅言，越是優秀的名校，其學費自然也越是高昂。

由此便帶出了一個無法否認的事實——只有來自富裕家庭的孩子，才有可能進入私立學校，接受這種多少帶有特權色彩的教育。

就地理位置而言，這兩所學校相隔不過咫尺之遙，因此在路上偶遇對方的學生是經常的事情。**貴族學校**——不知道從什麼時候起，某些公校的學生開始這麼稱呼我們，以表示譏諷和不屑。對此校方則要求我們不能接受挑釁，更重要的是如同平素那樣，嚴禁在任何場合表現出高人一等的姿態。

現在，他們好像又發明了一個全新的名詞。

——猴子？那到底是什麼意思？

——仔細分析那句話，猴子和學校似乎並沒有直接的關聯，而是針對我和雅絲敏，或者我們其中一人而言。也就是說，可以理解為外號之類的東西。

——若是外號的話，不是應該至少反映對象的某種特徵嗎？就像當年的「賴哭包」那樣。

——要說與眾不同的特徵，首先想到的當然是我的眼睛。

——可是，這絕對算不上一個恰當的比喻。畢竟，即使是猴子，眼睛也是能看見的。在太上老君的煉丹爐裡，孫悟空還煉就了一雙火眼金睛……

——等等，孫悟空？孫悟空確實是拿著金箍棒的。

原來如此。我頓時感覺無比釋懷，他們也是《西遊記》的忠實觀眾，沒有比這更合情合理的解釋了。

我忽然心血來潮，原地橫跨出一個馬步，右手把盲杖挾於腋下，左手逕自捏個劍訣，神采奕奕地大喝一聲：

「怪物！在美猴王的金色棍棒下粉碎吧！」

大概這算不上最完美的翻譯，但我只是希望以此作為友善的表示。然而，接下來發生的事情卻是我做夢也沒有想到的。

雅絲敏發出了一聲歇斯底里的尖叫，雙手像鉗子一般抓住我的手臂，指甲深深地嵌進了肉裡，幾近瘋狂地將我朝回家的方向拉扯。也不知道她是從哪裡來的力氣，我竟站立不住，跌跌撞撞地被她拽了過去。

背後傳來那兩個傢伙喪心病狂的笑聲，而身邊奔跑著的雅絲敏卻已無法抑制住哭腔。

翌日的英語課和數學課之間，我須要到醫務室為手臂上的傷口更換繃帶。問題在於，我並不知道醫務室在哪裡。雅絲敏幾乎一整天都對我不理不睬，因此她的朋友，瑪蒂爾達自告奮勇地陪我一同前往。

「他們怎麼敢?!」

聽了我敘說昨天的事情以後，她義憤填膺地喊道。

那是最卑鄙惡毒的語言，瑪蒂爾達解釋道，只有那些愚昧無知的種族主義者才會恬不知恥地說得出口。時至今日，種族歧視這種理應受到全人類唾棄的行為，已經被絕大多數國家從法律上予以禁止。然而，種族主義的思想，以及對有色人種的偏見，仍然根深蒂固地存在於白人社會裡的各個角落。

「本，你不能讓他們就這樣輕易脫身。」瑪蒂爾達忿忿不平地說，「我們去把這件事告訴特魯曼小姐……」

「不行！」

雅絲敏突然像個幽靈似的冒出來，粗魯地打斷了她。

「可是，小雅……」

「住口，瑪蒂！我說不行就是不行！」

被她那野蠻的氣勢嚇到，瑪蒂爾達不敢再繼續爭辯下去了。似乎，雅絲敏一直在暗中跟蹤著我們。令人印象深刻的是，她甚至成功躲過了我的耳朵。

在女孩們之間，我拒絕表明自己的立場，於是這件事就此不了了之。接下來的許多天，我們都沒有再碰上那兩個惡棍，雅絲敏的情緒也逐漸回復了正常。我意識到，他們大概是五年級以上的學生，放學時間和我們的不一樣[19]。那天的偶遇，大概只是因為對方蹺課了。

真是**遺憾**。

儘管當時沒有說出口，但我當然不會容許他們逃脫懲罰。不過，相比起依靠老師和學校的力量，我更願意親自給予他們教訓。

因為，真正讓我無法原諒的，與其說是對方的惡劣行徑，還不如說是這個弱小無能的自己。

如果我的眼睛能夠看見的話，如果我能像正常人那樣分辨出各種顏色的話，對於以膚色

19. 在德國大部分地區，一至四年級為小學（Grundeschule）階段，每天上課半天，中午十二點放學。五年級後，上課時間有所延長，一般在下午兩點放學。

為依據的種族概念，我至少會具有一些基本的認識。那樣的話，當惡棍們口出狂言的時候，我便可以立即奮起反擊。

然而我卻偏偏像個白癡似的，在不知不覺間成為了惡棍們的幫兇。我曾經信誓旦旦地說過要保護我的妹妹，卻親手在她的心裡劃下了這道深刻的傷痕。

我向上帝祈求一個救贖的機會。現在，我的禱告終於得到回應了。

惡棍甲囂張地斜倚在水池的邊緣——這是一個在慕尼黑街頭隨處可見的噴泉池子，清水從巴伐利亞獅子[20]的口中潺潺流出，兩邊分別裝飾有丘比特和芙羅拉[21]的青銅雕像；惡棍乙則蹲坐於水池側面一塊濕滑的岩石上。我一邊緩慢地接近對方，一邊感受著周圍的環境以及兩人的精確位置。

坦白地說，當再次面對這兩個惡棍的時候，我就是衝著打架而去的。我甚至沒有打算要給他們一個道歉的機會。

無論如何也不能饒恕。就是因為這種傢伙的存在，才會令雅絲敏羞於談及我們黃色的皮膚，才會令伊蓮甘去遠離那片黃色的土地。

另一方面，不得不承認的是，這兩個傢伙的身材都比我高大了許多。更不用提，他們有兩個人和四隻能看見的眼睛。正面交鋒的話，我沒有任何的勝算。

但我也擁有他們所缺乏的東西，那就是智慧。

流水汩汩的注入池中，泛起一片清冷的薄霧。除了潮濕的水汽以外，空氣中還混合著更多不尋常的氣味：番茄醬、芥末，還有烤香腸。

以及，剛才他們那種奇怪的說話方式——

我在心中冷冷一笑，突然欺上兩步，右手一揚，盲杖狠狠地往水池裡面擊去。四下飛濺的水花宛若鮮血，點點滴滴飄灑到我的臉上。與此同時，兩個惡棍不約而同地發出了驚慌失措的尖叫。

我見計得逞，當下更不遲疑，縱身一躍，以全部的力量撞在毫無防備的惡棍甲身上。那傢伙連哼也來不及哼一聲，便撲通一下掉入了池中。

《孫子兵法》云：攻其所必救[22]。

可悲的是，對於我的敵人來說，其必救者，只不過是一根熱狗而已。

畢竟，在這個乍暖還寒的季節，誰會拒絕來一根烤得熱呼呼的，塗滿了芥末和番茄醬，夾在麵包裡的香腸呢？而當銀芒閃動的水花於眼前飛濺之際，他們又怎麼可能不先護著手中的寶貝食物？

20. 巴伐利亞獅子：源於慕尼黑的建城者，一一五八年受封為巴伐利亞公爵的獅子亨利（Heinrich der Löwe）。至今獅子仍為慕尼黑的象徵，也是巴伐利亞州徽章的重要組成部分。

21. 芙羅拉（Flora）：希臘和羅馬神話中的花神。

22. 語出《孫子兵法・虛實篇》。原文為「故我欲戰，敵雖高壘深溝，不得不與我戰者，攻其所必救也。」曹操注則曰「出其所必趨，攻其所必救。」

我無暇自鳴得意，立刻轉過身來，將盲杖橫於胸前，準備對付惡棍乙。此刻他尚自驚魂未定，正是我發動攻擊的最好時機。

然而這傢伙的笨拙簡直超越了我的想像。或許他是打算站起來迎戰，或許他是打算去拉惡棍甲一把——但結局是，他一邊哇哇亂叫，一邊在腳下濕漉漉的岩石上滑了一跤，猶如自告奮勇一般，倒頭便朝池子裡栽了進去。

邦！

一下意料之外的巨響傳來，然後才是惡棍乙落水時的劈啪。

四周瞬間安靜了下來。一陣涼風吹過，臉上的水珠一下子就變得冷冰冰的。不知道怎麼回事，氣氛總感覺有點兒不對。

惡棍甲從水裡狼狽地爬起來，不斷重複地叫喚著某個可笑的名字——我猜，那大概是惡棍乙的名字——卻沒有得到任何回應。

惡棍甲的聲音逐漸變得絕望而恐怖。不久，他又轉而高聲呼喊：

「救命啊!!!」

令我驚駭莫名的是，雅絲敏竟然也加入了對方的行列。

「救命!!!」

兩人的呼救此起彼伏，立刻便有好幾個腳步聲，從各個方向匆匆趕來。

之後發生的事情，其實我並不是十分清楚。雅絲敏一直緊緊地抱著我的脖子，像隻秋蟬一般瑟瑟發抖，幾乎把我勒得喘不過氣來。她的手臂壓著我的耳朵，只聽見周圍聲音愈發嘈雜，惡棍甲鬼哭狼嚎地叫喊著，但根本無法分辨他在說些什麼。

「……他被……殺死了！那個……兇手！抓住他……」

少頃，路德維希大街上傳來一陣淒厲的嘶鳴，一輛不知道是警車還是救護車正在風馳電掣地駛向這裡。幾乎就在同一時間，魏默太太突然闖了進來，二話不說便把我扛到肩膀上，以一種攔路者死的姿態將我們帶回了家。

可是母親卻不在家裡，伊蓮也沒有來。平時，魏默太太會準備一壺香甜的花果茶，配上椒鹽捲餅或黑森林蛋糕作為下午的點心，但今天她沒有這麼做。

「你爸爸正在坐飛機回來。」她只是說，「在他到家之前，你要好好待在這裡，好嗎？」隨後她便把我一個人留在了房間裡。

房間的門並沒有上鎖。我也知道，雅絲敏就在外面的某個地方，然而我就是不敢踏出去半步。父親由於工作關係輾轉歐洲各地，從來沒有試過像今天這樣，在毫無徵兆之下返回慕尼黑。我隱約意識到，我好像闖下彌天大禍了。

惡棍乙摔倒的時候，大概是頭撞到了噴泉邊上的銅像，就這樣暈了過去。

然後呢？他是在深不逾腰的水池裡面**淹死**了嗎？還是說，之前的那一下撞擊就已經足夠致命了呢？

那個，我真的**殺人**了嗎？

接下來，等待我的將會是怎麼樣的命運？我只有八歲零三個月，依稀記得，那好像還夠不上坐牢的年齡。

當然，嚴厲的父親必定會因此而失望透頂；至於一貫對我愛護有加的母親，得到卻是讓她傷心欲絕的回報。毫無疑問，他們沒有任何繼續允許我留在這個家裡的理由——畢竟，最初他們打算收養的，本來就只有雅絲敏一個人而已。現在，他們肯定已經在為當時衝動的決定而感到懊悔。

也許，他們會把我送回孤兒院去？我心存僥倖地想。雖然我並不瞭解這個國家的法律，但作為犯了罪的外國人，被驅逐出境也是理所當然的。

有那麼一會兒，我全心全意地祈禱這會發生。馬丁神父、張媽媽、何媽媽、胖爸爸，還有樂樂和一班小夥伴，我彷彿又聽見他們的聲音，在耳邊輕輕呼喚著。

阿大——

我用力咬著嘴唇，竭力不讓在眼眶裡打轉的淚水流出。須臾，那劇痛的感覺已經漸趨麻木，然而內心的難受卻不減反增。我屬於那兒。無論我怎麼努力去扮演本傑明的角色，阿大才是我真實的身分。

阿大、小茉莉——

我忽然發現，我幾乎已經無法把小茉莉和雅絲敏等同起來了。如果本傑明不在了，雅絲敏該怎麼辦呢？還有誰能來保護我這唯一的妹妹？

這個念頭摧毀了我最後的防線。一顆斗大的淚珠滑過臉頰，留下一道乾涸的痕跡。

不知道經過了多長時間——也許只有幾個小時，但對我來說就像一整年那樣漫長——宣判的時刻終於來到了。我聽見，父母一起走進家門的聲音。

父親比想像中的更加怒不可遏。事實上，我根本從沒見過他如此大發雷霆。

「納粹!!法西斯!!三K黨!!」父親吼叫著我難以理解的單詞，「到底是什麼樣的父母才能生出那見鬼的孩子?!希特勒夫婦嗎?!」

「安靜點兒，赫伯特！」母親不滿地斥責道，「你知道，本……」

「妳說的對，」父親神奇般地冷靜了下來，「對不起，瑪麗。我現在去看看他，妳可以和魏默太太先開始打包嗎？」

「赫伯特，等等！」母親猶豫地說，「你真的認為有必要這樣做嗎？」

「我們沒有別的選擇，不是嗎？下一次，後果可能就是不堪設想的了。」

母親不再說話了。於是父親的腳步聲響起、接近，然後房間的門響起了兩下敲擊。儘管如此，還沒等我答應，門就已經被擅自打開了。

「我希望，」父親在門邊說，「你已經真誠地反省過了自己今天的行為。」

我不敢回答。父親的聲音總是有一種讓人害怕的魔力。

「幸運的是，除了雅絲敏以外，當時還有其他在場者可以證明事情的始末。確實，對方說了一些愚蠢而且惡毒的話。然而，你應該懂得更多，暴力是解決不了任何問題的。那並不是勇氣的體現。」

「我……」我顫聲道，「我將會怎麼樣？」

「唔，我很高興你這樣問了。事實上，幾天前我接到了特魯曼小姐的電話，她建議我考慮讓你跳過三年級。遺憾的是，今天的事情恐怕證明了，那並不是一個好主意。」

倘若不是處於這樣的情境，我大概會佛然不悅。我明明在各項課程裡都得到了一分[23]。而且，跳級一直都是我的願望——和自己的妹妹在同一個班，這本來就是滑稽可笑的。瑪蒂爾達也有一個姐姐，她已經五年級了。

「順便說一句。」父親繼續道，「假如你覺得不公平的話，那兩個男孩將會從七年級直接降到二年級，作為他們種族歧視和欺負弱小的懲罰。」

等等——那兩個男孩？也就是說，「他沒有死？」

「當然沒有。」父親的聲音裡似乎帶有一絲難以察覺的笑意，「充其量只是輕微的腦震盪而已，對他來說也未必不是好事。」

就是這樣？我簡直不敢相信自己的耳朵。

「對了，還有一件事。」父親裝作若無其事地說，但我能感受到他聲音裡的某種不自然。「晚飯只能多等一會兒了。今天我們要搬家到郊區去——那裡有一所我的祖父，你的曾祖父曾經居住過的房子，距離寧芬堡宮[24]也很近。相信我，你會喜歡那兒的。從明天起，魏默先生將負責接送你和雅絲敏前往學校。」

就在我目瞪口呆之際，父親一鼓作氣地宣告了對我的懲罰：
「而在這段時間內，本，除了上學以外，你將被禁止外出。」

23. 德國學校實行六級計分制，1分為優秀，5分和6分為不及格。
24. 寧芬堡宮（Schloss Nymphenburg）：位於慕尼黑西北郊的巴羅克風格宮殿，於一六七五年建成，是巴伐利亞統治者的夏宮。

15

「禁止外出?!」我憤怒地咆哮道，「憑什麼?!」

「我們早就有言在先的，記得嗎？」溫幼蝶淡淡地說，「在涉及安全的問題上，你要絕對服從我的指揮。」

「是的，我記得很清楚。不過，妳至少有義務要告訴我，那兩個男人是怎麼回事吧？」

「他們是極端危險的傢伙，因此，絕對不可以在他們面前出現。你現在只須要知道這些就足夠了。」

「我聽阿香說，他們只是路過這附近的時候，車子剛好拋錨了而已。」

溫幼蝶沒有回答。但我能感到她心裡鄙夷的聲音：你難道認為他們會自稱是罪犯嗎？

「就算他們是像妳說那樣的危險人物，可妳自己不是警察嗎？」我又質問道，「逮捕他們正是妳的責任吧？」

「如果有證據的話，警方早就行動了。」溫幼蝶用一種苦澀的語調說，「至於現在，保證你的安全，才是我的首要任務。」

我沉默了一會兒，又想到了另一個問題。

「妳認為，他們會跟小光的案子有關嗎？」

「嗯，」溫幼蝶心不在焉地說，「如果真是那樣的話就好了……」

結果，在餘下的半天裡，我們沒能繼續進行任何調查。由於這兩個男人的出現，讓本來就已經錯綜複雜的案情，更加化作了一團亂麻。

我遵守與溫幼蝶的約定，在房間裡讀小說打發時間，偶爾通過互聯網和德國的朋友閒聊幾句。由於四周均被黃土覆蓋，窯洞內的隔音條件極好。我只有豎起耳朵，才能勉強聽見外面的腳步聲，至於一般講話的聲音，則早被徹底湮沒在厚達數米的牆壁和地板之中了。

當然，例外的情況也不是沒有。比如說，到了翌日上午，面對滿桌豐盛的早飯，酒鬼大叔依然故我，高聲抱怨著啤酒怎麼還沒進貨。

和聲音恰恰相反，氣味總是無縫不入。

油條、包子、豆漿——甚至還有橙汁——當它們的香味一股腦兒地鑽進我的鼻孔，而飢腸轆轆的我卻被禁止踏出房門一步的時候，我的忍耐終於達到了極限。

呵呵呵呵——

就連那打鳴的公雞彷彿也在對我發出嘲笑：嘿，居然有人千里迢迢地跑來，卻只會像個烏龜一樣躲在殼裡呢。

不知道為什麼，這畜牲的叫聲總是讓人心煩意亂。

吃飽喝足後，酒鬼大叔和黃泉使者便一同離開了招待所，大概是去進行他們某種不可告人的企圖。我愈發覺得，不能再這樣消極地逃避下去了。至少，必須搞清楚這兩人的目的，以及他們跟小光一案是否有所關聯。

不過，溫幼蝶想必又會從中作梗，因此我決定瞞著她獨自行動。嚴格地說，這不算違背承諾——她自己說得非常清楚，只要不在對方面前出現就行了。關於這一點，我並沒有任何異議。

於是，這一整天我都留在房間裡養精蓄銳。午飯也只是請阿香送來了一桶方便麵以及幾包餅乾。我故意裝出一副乖寶寶的樣子，希望借此稍微降低蝶姨對我的警惕。

直到傍晚時分，那兩個危險的男人才再度出現，沒作任何停留便返回了房間。他們共用一間雙人房，位於招待所的頂層，是五個窯洞中最西邊的一間。也可以說，是距離西邊側門最近的一個房間。

當夜幕正式降臨之際，屬於我的偵探舞臺也同時掀起了帷幕。

在漆黑的夜裡，一般人的視力將大打折扣，但我卻不會受到任何影響；恰恰相反，晚上寧靜的環境和清冷的空氣，正可以令我的聽覺和嗅覺發揮出最大程度的威力。

我換上了一件黑色的短袖運動上衣——儘管看不見，但我養成了記住自己每一件衣服顏色的習慣——當然，這無法與武俠小說中的夜行衣相提並論，不過多少也有助於在夜色中隱蔽行藏。

我悄悄推開門，側耳傾聽隔壁溫幼蝶的動靜。

很快便有某種聲音鑽進了耳朵。劈劈啪啪，劈劈啪啪。不難判斷，這是敲擊鍵盤的聲音。她大概正在使用筆記型電腦——或許，是在向警察總部匯報那兩個男人的事情。

這是一個好機會。我掏出鑰匙，以最輕微的動作鎖上了門。這麼一來，即使待會兒蝶姨找過來，我也可以推搪說自己在睡覺。只要不被抓到現行，她就無法證明我離開了房間。

我手持摺疊的盲杖，卻並不展開，以免在地上擊出聲響而被人發現。至於每段道路的方向及距離，我早已經銘記於心，此刻是大顯身手的時候了。當然，為了以防萬一，我還是啟動了超聲波系統，以免碰上偶然改變了位置的障礙物。

我躡手躡腳地越過溫幼蝶的門前，一切都非常順利，她半點也沒有察覺。劈劈啪啪的打字聲仍然時斷時續，似乎那是一份很詳細的報告。

第一段路程以樓梯口作為終點，我在這裡停下腳步，再三確認上下兩層院子的情況。這是個炎熱的夜晚，周圍連一絲微風都沒有，更遑論人來人往。面前是總共四十八級的臺階，我手足並用，開始緩慢地向上攀登。和院子裡的黃土地不同，臺階是用花崗岩鋪設而成，因此必須加倍注意不要發出聲音。

樓梯的盡頭正對著第三層的五孔窯洞裡正中間的那一個。我像貓一樣弓著身子，安靜而迅速地穿過院子，藏身於那裡門前的一片陰影之中。按照阿香的說法，這個房間目前並沒有客人居住，因此理所當然是烏燈黑火的。

後背緊貼著牆根，我小心翼翼地往西側挪動。下一孔窯洞同樣是個空房間，它的隔壁，則住著兩個連溫幼蝶也要談虎色變的傢伙。

我這趟短暫的旅程只能到此為止了。假如繼續往前走的話，從門窗透射出的光線中，將不可避免地使自己的身影暴露無遺。幸運的是，對於自帶了竊聽器技能的我來說，並沒有那樣做的必要。

在這處臨時巢穴裡，無所顧忌的兩人，必然會開始商量他們那些陰謀詭計。只要稍稍加以偷聽，便能充分掌握他們的犯罪企圖。於是警方有備而來，將其一網成擒自然不在話下；到時蝶姨也不得不承認，我才是所有成功的關鍵所在。

感覺上，這是個再簡單不過的計畫。

如意算盤是這麼打的沒錯，可執行起來又是另外一回事了。我確實聽見有聲音從窯洞中傳來，可以肯定他們都在裡面，但這兩人就像專門要跟我作對一般，偏偏遲遲不肯開口。幾個不知名的蟲子在我的身邊盤旋，不時美美地叮上一口，我徒勞地揮著手驅趕，卻更加激起了它們的興趣。

「……我餓了。」

與我苦戰了半個小時以後，蟲子突然悲憤滿懷地冒出來一句。彷彿阻撓它飽餐一頓我的鮮血，反倒是違背天理的了。

「哼，誰叫你剛才在飯館挑三揀四的。」

那瘆人的聲音冷不丁地響起。我像觸電般渾身打了個寒顫，一下子就被從幻想中拉回了現實世界。雖然我早已有心理準備，但當聽到這個男人說話的時候，還是忍不住頭皮發麻，汗毛直豎。

「那是羊肉，羊肉！」一陣熟悉的抱怨傳來，「那膻得就跟，就跟……」酒鬼大叔似乎正為一個適當的比喻而搜索枯腸。

「就跟羊肉似的？」黃泉使者陰惻惻地接道。

「真受不了，為什麼非要放羊肉不可？」

「大概，是因為那道菜叫做『羊肉泡饃』吧。」

直教我哭笑不得。我甘冒奇險跑來這裡，可不是為了聽這蹩腳相聲的。

「不行了，」酒鬼大叔霍然站起，「我要去小姑娘那裡討個方便麵吃。」

我不禁大為光火，心裡把這個不僅嗜酒如命而且好吃懶做的傢伙罵了個狗血淋頭。一旦他走出門來，必然就會跟我正打個照面。

無計可施之間，只好準備撤退，卻聽見那黃泉使者又道：

「喂，你最好提防著點兒。」

「提防？提防誰？」酒鬼大叔嗤之以鼻，「那個小姑娘嗎？她提防咱們還來不及呢。」

「你別太大意了。我有種感覺，這趟買賣不會是那麼簡單。」

我心頭劇震，已經抬起的腿瞬間又放回了原地。買賣？什麼買賣？他們終於要說到正題了嗎？

「你是說，」酒鬼大叔也嚴肅起來了，「這小姑娘跟那傢伙會有什麼關係嗎？」

那傢伙？我聽得欲罷不能，那傢伙是誰？

黃泉使者沒有回答。不過，也許他搖了搖頭。

「那就不要杞人憂天了。」酒鬼大叔明顯鬆了一口氣，「只要情報沒弄錯，咱們只要來一個守株待兔，不怕那傢伙不現身。這又不是多大的村子，他總不可能永遠躲下去。」

「你沒有發現，這村子有點兒不對勁嗎？」

「嗯？」

「按理說，在這樣的農村裡，家家戶戶都應該會養狗的吧。」

「呃，應該是吧。」酒鬼大叔愣愣地答道。

我卻如同遭逢當頭棒喝。幾天以來一直困擾著我，卻無法具體言明的某件事，剎那間變得極為清晰。

「可是咱們已經來了一天多，卻連一條狗都沒見過。」黃泉使者接著說，語氣比以往還要更加陰沉，「甚至，就連一聲犬吠都聽不見呢。」

16

汪‼汪汪——！

伊莉莎白焦急地叫喚著，但兩名工作人員無視她的抗議，強行把她關進了一輛小型麵包車的後座。

「維特施泰因太太，那麼我們就先告辭了。」

「非常感謝。」

母親彬彬有禮地說道。隨著一陣發動機的轟鳴，麵包車從我們身邊駛了出去，漸漸消失在遠方。

「媽媽，」雅絲敏好像馬上就要哭出來的樣子，「為什麼要讓他們把伊莉莎白帶走？」

「親愛的，不用擔心。半年以後她就會回來了。」

「可是，到時她就只能整天跟本待在一起了，不是嗎？」

「嗯，親愛的，那也是伊莉莎白的工作呢。」

伊莉莎白來到我們家，是在十個月以前的事情。那時候，她還是一隻嬌小柔弱的小狗，我可以毫不費力地把她抱起來。然而，隨後她卻以每個月數公斤的速度飛快成長，現在甚至已經超過了雅絲敏的體重。

導盲犬的甄選，事實上遠在小狗出生之前就已經開始。只有那些血統優良、沒有任何遺傳疾病的幼犬，才有機會進入候選名單。在導盲犬訓練中心，這些純種幼犬甫一出生，便立即要經歷一輪接一輪苛刻的篩選淘汰。最終脫穎而出，成功留下來的優秀者，才有成為導盲犬的機會。

當它們出生兩個月以後，就將被送往某個寄養家庭，在那裡學習適應人類的生活環境。一般來說，寄養家庭是由社會志願者擔任；但假如情況允許的話，讓幼犬直接前往它們日後將要服務的盲人家庭，無疑是更理想的選擇。問題在於，因為盲人無法照顧尚缺乏自理能力的小狗——當然，我絕對不同意這一點——所以必須有另一位家庭成員來承擔這項任務。

我還記得，當父親詢問雅絲敏，是否願意負責照料伊莉莎白的時候，她簡直高興得跳了起來。

在這大半年裡，她確實十分出色地完成了工作。餵食的時間和內容，都是嚴格按照導盲犬訓練中心的指引進行。在雅絲敏的悉心照料下，伊莉莎白也不負期望地健康成長。她們幾乎每天都在寧芬堡宮前那寬闊的廣場上縱情奔跑，一人一狗常常引來無數遊客駐足，甚至忘記了背後那座宏偉華麗的宮殿。

當導盲犬滿一周歲的時候，它們已經基本發育完全，學習能力也達到了最佳狀態。這時它們將要重新回到訓練中心，由專業的訓練師負責進行導盲工作的訓練，此階段大約為期六個月。在父親的安排下，伊莉莎白捨近求遠地前往維也納接受訓練，就跟一百多年前，那位與她同名的公主曾經走過的軌跡一樣。

差不多也是在同一時期，維也納已經出現了人類歷史上的首個導盲犬訓練機構。父親相信額外的經驗能帶來卓越的結果，因此堅持委託了一位有名的資深訓練師，專門負責伊莉莎白的訓練工作。

「小雅，」我安慰她道，「以後妳還是可以隨時來和茜茜玩的。」

「為什麼你總是要那樣叫她呢？」雅絲敏不解地問。

「親愛的，妳真的應該開始多讀一些書了。」旁邊的母親溫柔地笑著說，「就像妳的哥哥一樣。」

雅絲敏低聲嘟噥了幾句，顯得頗不以為然。

當然，她從來就是一個活潑好動的女孩，誇張點兒可以說是難得有片刻安寧。我時常有一種滑稽的感覺，雅絲敏和伊莉莎白，她們兩個才更像是一對姐妹。要讓她靜下心來欣賞布里姬特・哈曼[25]的作品，果然還是太困難了。

25. 布里姬特・哈曼（Brigitte Hamann）：德國、奧地利作家及歷史學家。其著作《伊莉莎白：一位不情願的皇后（Elisabeth, Kaiserin wider Willen）》講述了茜茜公主的生平。

在伊莉莎白離開以後，雅絲敏不出意外地意志消沉了好幾天，家裡一下子變得冷冷清清的，令人多少有些感到不習慣。

微風從打開的窗戶進入房間，帶來紫羅蘭的幽幽花香。我坐在窗邊的書桌前，一頁雪白的信箋平鋪案頭，離鞘的鋼筆畢露鋒芒。我凝神靜氣，仔細地描劃出每一個字母，墨水的味道於是躍然紙上。

親愛的馬丁神父，

您好嗎？

時光飛逝，距離上次給您寫信轉眼已經快三個月了。因為一直沒有收到回信，我擔心是否在途中丟失了。不知道您有沒有收到我們寄去的信呢？

和馬丁神父的書信往來，差不多是從三年級的後半段開始的——在那之前，母親也會定期報告我和雅絲敏的情況。即使在當時，電子郵件也已經相當普及，但馬丁神父推說自己年事已高，用不來這些新穎的科技。我自然明白，其中的良苦用心，只是為了讓我得到更多鍛鍊書寫能力的機會而已。

對我來說，以傳統的方式書寫固然是個挑戰，而閱讀則是完全不可能了。因此，當我收到神父來信的時候，便只能讓雅絲敏充當朗讀者的角色。值得欣慰的是，她對這項工作並不抗拒，反倒有點兒樂在其中。有好幾回，我把信寫好了以後，她甚至還主動執筆在末尾再添上兩段，然後一整天都顯得心情很不錯的樣子。

這是祕密——每次我問她在信裡寫了什麼，她總是狡黠地回答。

伊莉莎白已經滿一歲了，在雅絲敏的照料下，她成長得很快，現在的體重是非常標準的二十八公斤。昨天，導盲犬中心的人來把她接走，開始為期半年的正式訓練。在那之後，我還會和她一起練習一兩個月，目標是希望在七年級開學之前，能夠達到良好的合作狀態。

從七年級開始，學校要求所有人都入住學生宿舍。當然，我們在孤兒院時早已習慣了這樣的生活——我覺得，雅絲敏對此似乎還頗為憧憬。儘管如此，在一個陌生的環境中，擁有一條導盲犬應該會方便不少。

對了，假如上次的信沒有寄達的話，您可能還不知道，伊莉莎白就是我的導盲犬的名字。她是一條雌性的純種金毛尋回犬。

仔細想想的話，這還真是一件可笑的事情，不是嗎？只有血統純正的金毛尋回犬和拉布拉多犬，才有資格被選作導盲犬。對待動物尚且如此，人類卻還在惺惺作態地聲稱要消除種族歧視，這樣的虛偽實在是令人作嘔。

如果我們繼續以狗作為比喻，所謂的消除種族歧視，其本質無非就是：即使是雜交的狗，或許也能夠勝任導盲犬的工作，因此應該給予它們同等的選拔機會。

表面上好像很合理——然而，這背後難道不是還隱含了一個假設，即，一般來說，雜交犬還是不如純種犬的嗎？

人類自己也是如此。膚色、性別、年齡、身體機能——只有某個群體的弱點或缺陷被公認了，才會有好事者特地提出反歧視的話題。人們從來都不會說，反對對運動員的歧視，或是反對對科學家的歧視，雖然他們都是很特別的群體。這正是因為，人們覺得他們並沒有明顯的弱點。

這麼說來，反種族歧視這一行為本身，難道不也是一種歧視嗎？

我覺得真正可悲的是，作為受到歧視的一方，「有色人種」中的許多人，包括許多中國人，不知不覺間似乎也已經認同了，自己生來就是不如白人的想法。他們過於渴望得到所謂的平等，以至於反而忘記了，其實自己或許更加優秀。

親愛的神父，您認為呢？

全能全知的主，會給予我們什麼樣的啟示呢？

如果其他人都能像我一樣，以身為這個偉大民族中的一員而倍感自豪的話，種族歧視根本就無法傷害我們。我是一直這麼認為的。

馬丁神父是白人，和他說這個話題似乎顯得有些奇怪。但從我有記憶起，神父就是一個智慧的化身，總是在輕描淡寫間讓人茅塞頓開——因為，上帝指引了我們這些迷途的羔羊，他總是這麼說。

我確實在教堂中長大，現在也會在每個星期天跟隨母親去做禮拜。不過坦白說，對於上帝的存在，我絕非深信不疑。我所相信的，是冥冥之間存在著終極的真理——如果把這種真理定義為至高無上的神的話，那不妨就稱作上帝好了——只有高屋建瓴的智慧，才能洞察其中的玄妙。

跑題了，繼續來講伊莉莎白吧。爸爸堅持把她送去奧地利維也納接受訓練，據說那裡有一位很有名氣的訓練師。其實在德國也有許多專業的導盲犬訓練機構，所以我覺得根本沒有那樣的必要——事實上，伊莉莎白本來就是在巴伐利亞州一家導盲犬中心裡面出生的。不過，在這些事情上爸爸經常都會小題大做，我也已經習以為常了。

於是我後來乾脆叫她「茜茜」，她似乎也很喜歡這個名字。

不只是地理軌跡，在其他許多方面，伊莉莎白與那位同名的奧地利皇后都有著相似之處。我有時禁不住會想，成為一條導盲犬，真的是她樂意接受的命運嗎？和雅絲敏在一起的時候，她可以隨心所欲地奔跑，可以熱情洋溢地吠叫，可以在寧芬堡宮不知疲倦地追逐自己的尾巴。然而，就在我寫下這個句子的同一時刻，她的所有天性，卻正在一點一滴地被磨滅掉了。

或許，我們也都一樣，沒有辦法真正主宰自己的命運。

學校裡一切如常。雅絲敏仍然在參加手球俱樂部，每週有兩個下午進行訓練；隔週的週六舉行比賽，但她並非隊中主力，所以只能上場一點兒時間。我在家裡使用固定自行車和划船機鍛鍊，身體也一直很健康。

好久沒聽到孤兒院裡各位的消息了，不知道他們最近怎麼樣呢？張媽媽、何媽媽、胖爸爸，他們都好嗎？

因為伊莉莎白暫時離開了的關係，雅絲敏最近心情很低落。我想，您的回信一定可以讓她振作起來吧。

您真誠的，
本傑明・維特施泰因

我一絲不苟地把信紙摺疊起來，裝入信封，填上東屋的地址，然後貼上郵票。我打算拜託魏默太太，等她一會兒出門的時候幫忙投遞。

也許，下次再給馬丁神父寄信的時候，我就能讓伊莉莎白帶路，親自前往郵局了吧。說不定，她還會用後腿站立起來，再用嘴巴叼著把信放進郵筒呢。

・・下次寄信的時候嗎——

某種不舒服的感覺，突然像一道陰影般掠過心頭。
我攥緊了手中的信。

17

「……那封信……」

隨著酒鬼大叔的聲音步步逼近，我才終於由震驚的餘波中清醒了過來。

自從我們抵達這裡的第一天起，這種不協調的感覺已經幾度不期而至——尤其是，在每天清晨，公雞們紛紛打鳴的時候。

如今回想起來，那聲聲雞啼，彷彿都是給我的提示；只可惜我卻如頑石般愚鈍，始終沒能參透其中的意味。

像這樣的一個偏僻山村，應該是如同東晉詩人，陶淵明在其名作《桃花源記》裡所描述的那樣：阡陌交通，雞犬相聞。作為最早被人類馴化的動物，狗從一萬多年前起便開始承擔了看家護院、管理家畜的任務，在農耕時代起著舉足輕重的作用。即使到了現代，在一般的農村，且不說每家每戶，飼養狗的人家也絕對不在少數。

可是，這個村子——

黃泉使者說，他們沒有看見一條狗，甚至也沒有聽見一聲犬吠。除此之外，我還可以再補充一點：這幾天來，無論所到何處，我都沒有聞到過狗的氣味。

我想，這足以證明，這裡確實沒有狗的存在。

問題在於，為什麼？為什麼這個村子會連一條狗都沒有？是出於某種原因，使村民們從來就沒有養狗；還是因為發生了什麼事情，讓這裡的狗都消失不見了？

然而，眼下並非思考這個的時候，更沒有餘暇為了之前的失誤而懊惱。我已經錯過了撤退的最佳時機，酒鬼大叔似乎正在穿鞋，馬上便要出門來了。

形勢再容不得半點猶豫。我立刻退到樓梯旁，數著總共四十八級的臺階，仍然是手腳並用，倒退著向下攀爬。在還剩下最後五個臺階的時候，我聽見上方傳來房門打開，然後又關上的聲音。

回到了第二層院子，溫幼蝶的房間悄無聲息，大概她已經完成了電腦上的工作。頭頂上方，酒鬼大叔正在走向樓梯口。從這裡起就只剩下一小段平坦的路，要溜回房間理論上應該不算難事，但我忽然想起了某件事情，額頭上不禁開始滲出汗來。

我這手賤的，幹嘛非要鎖門不可呢？

儘管不太情願，但我不得不承認，對於盲人來說，要將一把細小的鑰匙對準同樣細小的鑰匙孔，確實不是一件容易的事情。假如時間充裕的話，我當然可以慢慢摸索；但是在目前的情況下，這樣無疑就會被待會兒經過的酒鬼大叔看見。一旦操之過急而弄出聲響，更有可能驚動在隔壁的蝶姨——論可怕程度，她也許還不如那位黃泉使者，但相比酒鬼大叔卻有過之而無不及。

我當機立斷，放棄了返回房間的打算，而是取道通向底層院子的樓梯，繼續往下攀爬。我的優勢在於，我明確知道酒鬼大叔的目的地——他是要去找阿香買方便麵。因此，只要我由招待所的正門出去，便能和他的路線錯開。之後我只要躲在外面，等酒鬼大叔離開以後，再悄悄回到自己的房間就行了。

這一段樓梯只有三十七級臺階，我沒費多少工夫便來到了底層的院子。身後，酒鬼大叔的腳步聲如影隨形，在寂靜的夜裡顯得格外響亮。他馬上就將進入第二層的院子。

我絲毫不敢耽擱，立即朝大門走去。然而就在我剛剛邁出第一步的時候，手心裡突然傳來了一陣強烈的振動。

忠實的盲杖在明白無誤地發出警告：前方，存在著絕對無法跨越的障礙物。

那扇門，那扇原本一直都是敞開著的門，現在被關上了。

作為招待所的主要出入口，這裡安裝著一扇厚重的鐵門。我試著輕輕一推，門像被鑄死了一般紋絲不動；再上下左右摸索，卻連把手都沒有找到，更遑論把它拉開。

詛咒這壞運氣也於事無補。酒鬼大叔已經踏上了最後一段樓梯，要不了幾步，我便將在其居高臨下的視線中無所遁形。

於是，我作出了唯一可能的那個選擇。

我走進了唯一還開著門的那個房間。雖然我十分清楚，一分鐘之內，酒鬼大叔便會找到這裡來。

「請等一下——」只聽阿香招呼道。她的聲音卻並非從櫃檯後傳出，而是來自於更裡面一點兒的地方。

當然，這裡同樣是一個窯洞，大小和我們居住的客房也差不多。也就是說，除了靠近門口的櫃檯部分以外，後面應該還存在著另外一個房間。

那也將是我最後的藏身之地。

沒有時間跟阿香解釋了。事實上，她不在外面櫃檯這裡，正好省下了我一番唇舌。至於將來要怎麼說服她替我瞞著蝶姨，那是在首先解決了迫在眉睫的危機之後，才值得去考慮的問題。

憑著盲杖的指引，我順利地繞過了櫃檯。不出所料，櫃檯後面是一堵足以遮擋來人視線的牆壁。我沿牆摸索，幾乎立即便發現了通向裡屋的一扇門，門現在只是虛掩著的。

我不假思索地闖了進去。

「呀呀呀——!!!」阿香發出了一聲宛若殺豬般的尖叫。考慮到目前的狀況，她的驚恐倒也無可厚非，只是未免顯得誇張了一點兒。我只能祈求窯洞的隔音效果足夠好，不至於讓外面的酒鬼大叔聽見。

「對、對不起!」我一邊忙不迭地道歉，一邊請求，「能不能讓我暫時在這裡……」

話剛說到一半，我的聲音卻不由自主地沉了下去，瞬間便被淹沒在一片嘩啦嘩啦的水聲中。

直到此刻我才意識到，四周充滿了溫熱潮濕的水汽，一股庸俗而濃郁的香味衝擊著我的鼻孔，大概是某種洗髮水的氣味。

我只感到頭上的冷汗涔涔而下，一路滑過脖子，將衣服的領口浸得濕透——即使在剛才那千鈞一髮之際，我也沒有這麼緊張過——所有的跡象都表明了，阿香正在幹的，恐怕就是我所猜測的**那件事情**。

不要緊的，我是**盲的**啊。我想這麼安慰她，話卻始終哽在喉嚨裡面說不出來。也許是受到了過度的驚嚇，阿香一言不發。我的手則不爭氣地顫抖起來，幾乎連盲杖都要拿不穩了。

就在這時，一陣粗魯的腳步聲終於走進了窯洞。

「哎！有人在嗎？」只聽見酒鬼大叔在外面喊道。

「您——您好！」阿香彷彿如夢初醒，驚慌失措地答應道，「那個，請稍等一下……」

「就要個方便麵，」酒鬼大叔不太耐煩地說，「待會兒給我送上來吧。」

「好、好的！」

「再加倆火腿腸。」

「好的，泡開了馬上就給您送過去！」

結果酒鬼大叔便又走了出去，竟然絲毫沒有起疑心。簡直就像是在變戲法似的，不過片言隻語之間，所有危機已經全部消弭於無形。只是我卻半點兒也沒有鬆一口氣的感覺，顯而易見，我又陷入到了另一個糟糕得多的局面之中。

無比尷尬的氣氛中，只有那淋浴間的水聲，仍然在嘩啦嘩啦地流淌著。

直到阿香終於想起來把水龍頭關上。

「你……你能先到外面去嗎？」她羞赧地說，「那個……我要出來了……」

從邏輯上來說，這完全是多此一舉。然而我哪裡還敢搭話，立刻如同遭逢大赦一般，連滾帶爬地跑到了門外。

門外卻立著一把椅子。

這回即使盲杖也來不及發出任何警告，我的小腿已經狠狠地撞了上去；腳下一個絆蒜，乾脆便整個人摔倒在地上，由於慣性，腦袋又和櫃檯碰到了一塊兒。

「那個，你沒事吧？」裡面傳來阿香擔心的呼喚。我卻忍不住注意到，她穿衣服時窸窸窣窣的聲音。

「沒、沒事……」我一手揉著頭，一手伸向櫃檯，掙扎著想要站起來。

我原本以為會摸到木頭的質感，但觸及之處卻頗柔軟，原來是打開放在櫃檯上的一個厚厚的記事本。大概是阿香用來記錄方便麵等商品的銷售量的吧，我暗忖。不過，這個本子足有A4幅面大小，其實不太方便。

這時候，我那些異常靈敏的手指似乎發現了什麼。

就在攤開的這一頁上，留有許多又粗又長的壓痕。這是正常書寫造成的痕跡，除了說明這一頁已經寫上了內容以外，本來並沒有什麼奇怪。唯一的特別之處在於，這些字寫得碩大無朋，就像當年伊蓮教我漢字的時候寫出來的那樣。

猶如本能一般，我的手指不自覺地沿著那些壓痕移動起來。

第一個字僅有三個筆劃：左邊為短撇，中間是一個豎鉤，右側還有一點。這是一個「小」字。

第二個字也只多了一筆，是個「心」字；第三個字同樣很簡單，是個「有」字。

從複雜程度上說，這些字確實只不過是學齡前兒童的水平；然而，要是把每個字連起來的話……

小心有——小心有什麼？

我迫不及待地把手移向下一個字。豈料身旁勁風陡起，從記事本上突然生出來一股巨大的力量，我猝不及防，本子一下就被對方給奪了過去。

我迷茫地抬起頭來，阿香就站在那裡，由於剎那之前的劇烈動作而氣喘吁吁。幾顆被甩出來的水珠仍然掛在我的臉上，她的頭髮甚至還沒來得及擦乾。

18

她遞過來一塊毛巾，替我拭去臉上的水珠。

「拜託，請讓它就那樣開著吧。」當威爾金斯小姐企圖關上窗戶的時候，我懇求道。

她歎了口氣，中止了之前的動作。「你該知道，不列顛可是一個多雨的小島。」她一邊說著，一邊半強行地把我從窗邊拉回了床上。

威爾金斯小姐將血壓計的臂帶纏上了我的左手，那東西便開始膨脹，像過去的二十多天一樣，重複著毫無意義的過程。

「順便說一句，」我微笑道，「恭喜妳，威爾金斯小姐——哦，不對，太太……」

「湯普森，他姓湯普森。」護士焦躁地說出她未婚夫的名字，「看在上帝的分上，你究竟是怎麼做到的？」

「觀察，以及這些小小的灰色細胞。」我得意洋洋地指著自己的太陽穴道，「妳並不會經常使用香水，對嗎？但是，昨天下午妳來跟我道別的時候，卻散發著優雅迷人的清香。因此我猜想，妳晚上有個重要的約會——湯普森先生就是在那時向妳求婚的嗎？」

「呃，是的——而且是那種特別老套的方式……」

「但還是把妳感動得一塌糊塗，不是嗎？」我毫不客氣地指出了她的心口不一。「於是這給了我第二個線索。跟昨天比起來，妳的嗓音有些沙啞，就好像曾經哭過的樣子。然而，妳今天的情緒十分高漲，所以我確定，那並非是因為妳遇到了什麼傷心的事情。」

威爾金斯小姐有些窘迫地說，「那你又怎麼知道我答應了他呢？」

「這是顯而易見的。假如妳的答案是『不』的話，那麼現在在妳手指上，剛才把我的臉刮得生痛的，這個硬邦邦的東西又是什麼呢？」

「好了，大偵探。」護士又好氣又好笑地說，「這兒是貝絲街[26]，不是貝克街。在IOO[27]，我們關心的是玻璃體和視網膜——就LCA[28]病例而言，還有遺傳基因——而不是腦細胞和灰質。請把那些東西留給你的華生醫生，好嗎？」

我正待要指出她對於本國文學的嚴重錯誤認識[29]，淅淅瀝瀝的細雨之中，遠遠地飄來了八響威斯敏斯特鐘聲[30]。標誌著時間來到了上午九點半。

「一般體徵正常。」威爾金斯小姐毫無新意地報告。「貝恩布里奇醫生等會兒還要為你作一次ERG[31]，他正在會見你的父母。」

「什麼？」我愕然道。我並沒有收到父親要來倫敦的消息。

對於在製造驚奇方面迅速扳回一城，威爾金斯小姐似乎感到很滿意。不久，她的預言就成為了現實。

貝恩布里奇醫生站在床邊，以戴著醫用手套的拇指和食指撐開我的眼瞼；他的臉離得極近，以至於我可以感覺到他在呼吸時噴出的熱氣。母親像往常那樣握著我的手，父親則遠遠地退到了一旁。

「告訴我，本，」醫生問，「你有感覺到什麼嗎？」

「沒有。」我本能地想要搖頭，但前額和眼角都貼著電極，稍一移動便會牽扯到與之相連的導線。

「唔……這樣呢？」

「好像有一些熱。」

「除了發熱以外，你有看見什麼嗎？」

「沒有。」

26. 貝絲街（Bath Street）：位於倫敦城（City of London）。倫敦大學（University College London）眼科學研究院的所在地。從拼寫上來看，和大偵探福爾摩斯的寓所所在的貝克街（Baker Street）有一定的相似之處。
27. IOO：眼科學研究院（Institute of Ophthalmology）的縮寫。
28. LCA：先天性黑蒙症（Leber's Congenital Amaurosis）的縮寫。
29. 「小小的灰色細胞（les petites cellules grises）」是英國女作家阿加莎・克利斯蒂（Agatha Christie）筆下比利時偵探赫爾克里・波洛（Hercules Poirot）的口頭禪；而華生醫生則是亞瑟・柯南・道爾（Sir Arthur Conan Doyle）創作的福爾摩斯的搭檔。二者沒有任何關係。
30. 威斯敏斯特鐘聲（Westminster Quarters）：又稱威斯敏斯特旋律（Westminster Chimes）。每隔十五分鐘敲響一次，在每個小時的一刻、半點、三刻、整點，分別奏響四、八、十二、十六個音符。
31. ERG：視網膜電圖（Electroretinography或Electroretinogram）的縮寫。

「是嗎……我明白了。謝謝你，本。」

「不客氣，醫生。」

貝恩布里奇醫生不太情願地鬆開了我的腦袋，然後移除上面的電極；威爾金斯小姐捲起導線，連同某臺奇怪形狀的機器一起帶走。我立即使勁地眨了幾下眼，以驅趕那種不舒服的感覺。

「很遺憾，視網膜電圖目前仍然處於熄滅的狀態。」這位在歐洲享負盛名的眼科專家無奈地宣佈，「對於光線的刺激，瞳孔也沒有任何反應。」諷刺的是，不知道為什麼，我卻有一種解脫的感覺。

「但是，」父親質問道，「不是已經有三個病人都取得了不錯的進展嗎？」

「您說得對。在此前的三起病例中，患者在接受注射以後的一個月內，都顯示出了視功能方面的顯著改善——九歲的科里・哈斯甚至已經恢復了與正常人無異的視力。也正是因為如此，我們才相信針對ＬＣＡ的基因治療是行之有效的。」

所謂的基因治療，簡單來說就是準備一組健全的基因片段——貝恩布里奇醫生稱之為RPE65基因[32]——以腺病毒作為載體包裝，然後通過外科手術進行視網膜下注射。在理想的情況下，腺病毒將感染視網膜細胞，健全的RPE65基因從病毒中析出，替代原本有缺陷的基因片段，從而重新激發錐杆細胞的活力。

「那麼，為什麼在本身上不起作用呢？」

「避免使用過於專業的術語來說明的話，」醫生沉吟道，「大致上有三種可能性。第一是注射的劑量不足；第二是抗體產生的速度過快，導致病毒無法成功感染目標細胞；第三，導致本出現黑蒙症狀的受損基因並不是，或者不僅僅是RPE65——就我個人而言，我較為傾向於這種解釋。其中一個重要的原因是，一般的LCA患者，除了視覺缺失以外，聽覺也都有不同程度的損傷；但正如我們知道的那樣，本不僅沒有出現上述症狀，而且還擁有遠遠超過常人的聽力。」

「您的意思是，」父親不太滿意地問道，「本的病和LCA還不一樣？」

「不，維特施泰因先生。從視網膜細胞的症狀來看，本所患的就是LCA無疑；注射前的檢查也表明了，本的RPE65基因是確實存在異常的。然而，即使不包括多重基因缺陷的情況，目前也有十一種已知可能導致LCA的基因，RPE65只是最常見的一種。我仍然相信，基因療法在本的身上同樣是適用的。問題在於，我們必須首先找出所有異常的基因片段，才能確定對應的補償基因。」

「除了RPE65以外，目前還有其他可供注射的補償基因嗎？」

32. RPE65基因：全稱為視網膜色素上皮細胞特異性65道爾頓蛋白質（Retinal Pigment Epithelium-specific 65 kDa Protein），位於人類1號染色體的第68,894,505至68,915,642號鹼基對之間（基因座1p31），共21,138個鹼基對。其異常可造成第二型先天性黑蒙症（LCA2）。

「可以說有也可以說沒有。早在幾年以前，我們就已經開始對靈長目動物注射這些基因片段，長期觀測的結果是樂觀的；但迄今為止，還沒有在臨床上的應用。」

「也就是說存在相當的風險。」

「確實如此。」貝恩布里奇醫生承認道，「如果允許我作出建議的話，也許應該讓本前往美國諮詢另外兩位專家的意見。他們是賓夕法尼亞大學的馬奎爾醫生和本奈特醫生，在LCA和基因療法方面取得了很好的成果；在他們的研究基礎上，費城兒童醫院也已經成功讓好幾個LCA患者恢復了一定程度的視力。」

「謝謝您，醫生。既然您如此建議的話，我們會去……」

「不要。」

一個冷冷的聲音打斷了父親的計畫。那是我的聲音。

「我不要去美國。」

「本，」父親有些不悅，「你在說什麼？」

「我已經受夠了，我可不要當什麼實驗用的靈長目動物。」我隨即感覺到這句話所帶有的攻擊意味，又不情願地補充道，「無意冒犯，醫生。」

「沒關係，孩子。」貝恩布里奇醫生寬容地說，「不過我堅持，那兩位美國專家的診斷，對你的治療是非常有好處的。」

「我能問您一個問題嗎，醫生？」我不為所動地說，「假如一切順利，你們找到了某個基因，它是造成我失明的罪魁禍首。那麼理論上來說，可能也正是由於這個異常的基因，才讓我的聽覺和嗅覺變得靈敏，不是嗎？」

「唔，我認為這只是人體的自身補償機制。不過像你說的那種情況，雖然概率不高，但理論上還是不應該完全否定其可能性。」

「那樣的話，假如你們設法替代了這個基因，我的聽力就會降低到普通人的水平——甚至，可能會像其他ＬＣＡ病人那樣聽力受損，對嗎？與此同時，你們也無法保證我的視力一定可以恢復。」

「作為一名醫生，」貝恩布里奇醫生歎氣道，「我無法否認，在極端的情形下，這是有可能發生的。」

「不，謝謝了。」我苦澀地說，「對於上帝給我留下的這些感官，我已經心滿意足了。」

「本傑明，」父親嚴肅地指摘道，「你不可以這麼悲觀……」

「……我支持本的決定。」

一直沒有發言的母親，這時出其不意地開口道。

「瑪麗！」

父親極其罕有地大呼小叫，語氣中帶著被背叛的驚訝。

「赫伯特，你就不要逼他了。畢竟本還只有十四歲。」

「他遲早都要面對這件事情的。」父親反駁道。

「我不是那個意思。」母親平靜地說，「對於LCA的基因療法現在還處於起步階段，在未來的幾年裡，相信還會有很大的進步空間。到時技術更加成熟了，能讓本重新看見的機會也將大大提高。貝恩布里奇醫生，我說得對嗎？」

「是的，夫人。」醫生附和道，「在現代遺傳學和電腦科學發展的推動下，我對此很有信心。」

「但是，」父親銳利地爭辯道，「正如您剛才曾經提到過的，有一名九歲的男孩在接受治療以後獲得了完全康復。這是否說明了，病人接受治療時的年齡越小，視力得到恢復的可能性就越大？」

「就目前而言，」貝恩布里奇醫生謹小慎微地選擇著措詞，「並沒有任何資料可以支持這個觀點。」

「但您確實是這麼認為的，對嗎？」

「唔，從新陳代謝率等方面來考慮，我應該說這是一個合理的猜想……」

「我半點兒也不在乎!!」一直沉睡於我心裡的那座火山，這時終於無比猛烈地爆發了出來。

「我不在乎什麼時候才是治療的好時機，我不在乎我究竟能不能看見！我一直都是盲的，我對此沒有絲毫怨言。然後你們非要說能治好我的病——好吧，我試過了，這不起作用，該適可而止了！我不要去美國，我不要再讓一根針伸到眼睛裡面去，我不要所有這些又重新來一遍‼你們聽明白了嗎?!」

當怒吼漸漸平息，整個病房不可避免地陷入了一片死寂。敲打在窗臺上的雨點，宛若鐘錶的滴答，變得格外清晰。

少頃，母親開口道，「醫生，能請您給我們一點兒時間嗎？」

「啊，是的，當然，夫人。請跟我來，威爾金斯小姐。」

被嚇壞了的護士小姐哆嗦著，狼狽不堪地跟隨貝恩布里奇醫生離開了病房。總有一天，我不著邊際地想，這丟人現眼的一幕又會被繪聲繪色地講述出來，作為湯普森一家茶餘飯後的談資吧。

「你說得對，本，」母親如雲彩般柔和地說，「這是你自己的選擇。我們不會強迫你的，對嗎？」最後的兩個字加了重音，顯然是面向父親說的。

父親沒有回答。我只能聽見他急促而不均勻的鼻息，良久依然起伏難平。

我不由得想起差不多兩個月前的那一天。父親突然興高采烈地宣佈，倫敦大學眼科學研究院通過基因片段注射，在治療先天性黑蒙症方面取得了突破性進展。那個時候，他同樣也是激動得幾乎喘不過氣來。

「赫伯特，」母親見狀催促道，「要不你去問問貝恩布里奇醫生，我們什麼時候可以帶本回家？」

「很好。」父親簡短地回答道。頓了頓，又道，「不過，既然都已經來到了倫敦，返回德國之前，我們找時間去一趟在貝克街上的福爾摩斯博物館吧。」

母親欣然同意。她和父親一同出門，去安排參觀博物館的事宜——至少，得有負責解說的工作人員，以及允許近距離接觸的物品，對我來說才有意義。

我重新站到了窗前，用力呼吸著室外濕漉漉的空氣。胸口鬱積難當，有一種說不出來的心情。

明明只是眼睛看不見而已，我無聲地吶喊道，難道就真的那麼沒用嗎？

雨愈發大了。彷彿連泰晤士河也一併沸騰了起來。霧都的上空翻起了風，就像是馬丁神父的靈魂，正在向我訴說著一個聽不懂的答案。

遠方敲響了代表整點的十六下威斯敏斯特鐘聲。緊接著，大本鐘則開始了它那沉悶乏味的報時奏鳴。

大本鐘——

我的名字，便是因此而獲得的。沒錯，那是十年前，他們首次來到孤兒院的那一天。

阿大——大本鐘——本——本傑明——

「請拼出『本傑明』吧，拼法是B-E-N-J-A-M-I-N。」回憶中，男人的聲音說道。

假如，**假如**我當時沒能做到的話，結果會怎麼樣呢？

我像每次從水裡爬出來後的伊莉莎白那樣，高速大幅地往兩邊擰動脖子，頭部於是隨之如撥浪鼓般左右搖晃。好像這麼一來，就可以將那個問題從腦袋裡面甩掉似的。

19

晃了約莫十幾個來回，我只感覺暈頭轉向，脖子痠痛得簡直快要斷掉。然而那種想法一旦冒了出來，便如同在腦袋裡面落地生根了一般，始終揮之不去。

此刻正值深夜，距離我奇跡般安然無恙地歸來，已經又過去了好幾個小時。酒鬼大叔的方便麵也一定早就吃完了。隔壁的蝶姨沒有任何反應，對於我這趟驚心動魄的冒險，她似乎完全被蒙在了鼓裡。

在下層的房間，正當我以為危機暫時過去了的時候，阿香卻突然發難，不顧一切地奪走了那個記事本。

阿香，這個一直以來，溫順得幾乎沒有存在感的阿香！

她害怕被我看見寫在那上面的東西——大概，她根本就沒來得及考慮到，我是個盲人的這項重要事實。只是驀然發現我將手放在了攤開的記事本上，便在剎那間引起了某種條件反射。毫無疑問，那一頁的內容裡，必然包含著一些絕對不可告人的祕密。

就好像隱藏在這個村子裡的祕密還不夠多似的。

之後，我們就這麼愣愣地對峙了一分多鐘，直到阿香想起來，還要給酒鬼大叔送夜宵的事情。於是她便開始燒水泡麵，甚至不打算就自己的怪異行為進行辯解。

或許是因為，她也清楚知道不可能搪塞得過去吧。我這麼想著，不知不覺地回到了自己的房間。

至於那個關鍵的記事本，經此一役，恐怕不會再有近距離接觸的機會了。不過，就在那極其有限的時間裡，我確實已經摸到了三個漢字的輪廓。

——小、心、有……根據文字的表面意思判斷，應該是某種警告。

——問題在於，如果不知道接下來的內容是什麼，僅憑這三個字，仍然是無法得出任何結論的啊。

——真的是這樣嗎？說起來，這幾個字好像有一種很熟悉的感覺。

——最近有在哪裡聽到過嗎？

——對了，是在五婆婆的飯館。來富說，在王禧娣投井之前，曾有人聽見她喃喃自語著「小心有**鬼**」。

——那個一口咬定王禧娣就是兇手的來富；那個直到昨天，還偷偷摸摸地前往案發現場的來富。

——來富的證詞固然不能全部採信，不過關於這一點，姑且可以認為是真實的。在和弟弟來貴的爭論中，說這種一下子就會被戳破的謊言並沒有任何意義。當時，我和溫幼蝶也只是普通的顧客而已，他完全可以乾脆緘口不言。

——也就是說，阿香把王禧娣的胡言亂語記錄了下來嗎？

——不，不對。不能假設這個記事本是屬於阿香的，也不能肯定那些文字就是阿香寫下的。啊！也許那原本是王禧娣的東西，不知道為什麼，現在落到了阿香的手裡。

——那麼，阿香是無意間得到了這個記事本，然後又偶然發現了隱藏在裡面的祕密；還是說，她通過某種手段攫取了這個記事本，目的則是要埋葬其中的祕密呢？

我回答不上來了。這個案子猶如一個無底深潭，調查得越深入，反而越是讓人有一種仍然對其一無所知的感覺。在機緣巧合之下，不可思議的事情接連浮現，似乎每個人都心懷鬼胎，卻始終無法找出一種合理的解釋。

是時候該換個角度重新再來一遍了。溫幼蝶的聲音在耳邊迴響。

確實，目前我手裡還握有另外一條線索。諷刺的是，這恰恰就是來自於，那個她命令我絕對不能逾越的禁區。

住在上層的兩個男人，根據偷聽得來的信息，他們的目標已經略顯端倪。很顯然，他們到這裡來是為了進行一趟「買賣」，其中的重點，則在於找到一個「那傢伙」。二人的情報表明，「那傢伙」就在這個村子裡。

會是誰呢？

首先當然不可能是阿香。另一方面，黃泉使者和酒鬼大叔之間的對話則暗示了，他們和阿香屬於截然不同的兩個陣營。至於，阿香和「那傢伙」是否存在什麼關係，目前仍然不能確定。

進一步考慮的話，此人是來富的可能性其實也很低。酒鬼大叔由於吃不慣羊肉泡饃而餓了肚子，因此不難推測，他們晚上曾在五婆婆的飯館用餐。當然，如果事先得到了風聲，來富也許會躲起來不露面，以避開這兩個要命的敵人；但是，只要他們看見了來貴，也會立即誤認為這就是他們要找的人。

相同的道理，「那傢伙」也不會是來貴。

至於小光一家人，包括王禧娣的丈夫李順在內，目前都不在村子裡。除非是那個所謂的「情報」有誤，否則應該可以將他們排除。

不行。雖然這只是一個很小的村子，村民總歸還是有那麼幾百號人。像這樣用排除法一個個數下去，恐怕到天亮也數不完。何況，我根本就不認識這裡的每一個人。

換一種思路怎麼樣？不要去想那兩個男人在村子裡找的是誰，而是去想誰才值得他們特地跑到村子裡來尋找……

一個名字驟然出現在我的腦中——不，應該說它一直都在那裡，只是我長期刻意將其忽略掉罷了。

既然被稱為「買賣」，歸根結柢應該是和金錢相關；能夠驅動像黃泉使者那種可怕的男人的，大概也不會是太小的數額。

現在這個地方，身上有可能牽扯到大筆金錢的人，也許就只有一個。

「這又不是多大的村子，他總不可能永遠躲下去。」我忽然記起，酒鬼大叔曾說過這樣的話。

回想起來，這幾天裡一直在躲著他們的，不就是……我嗎？

我自然只是個一文不名的窮學生。然而，印在我的護照上的維特施泰因這個姓氏，卻意味著一筆足以引起覬覦的不菲財富。

「他們是極端危險的傢伙，絕對不可以在他們面前出現。」蝶姨的這道禁令，是不是因為她已經識破了，這兩個男人的目標其實是我？

等一下。假設確實存在這種不軌的圖謀，那麼，他們的具體計畫到底是什麼呢？綁架，然後向我的父母勒索贖金嗎？這簡直是老掉牙的伎倆。而且，實施起來的難度絕對不小。

首先是人質的藏匿地點問題。如果阿香是跟他們一夥的話倒還另當別論，但我已經知道事實並非如此。既然二人要在容易引起注意的招待所留宿，那就是說，他們在村子裡面並沒有自己的據點。

倘若綁架能夠順利進行，為了避人耳目，他們必須把我轉移到一個更安全的地方。從這裡出發，汽車將是唯一的交通工具。對方只有兩人，由其中一人負責駕駛，能夠對我進行監視的就只有一個人，人手顯然算不上充裕。更不必說，在路上，還可能會碰上警察檢查之類的突發事件。

不，不是可能，而是幾乎可以肯定會出現這種情況。一旦我遭到綁架，蝶姨自然會立即組織當地警方，沿路布下天羅地網。

既然那個「情報」可以準確地把我定位在這條偏僻的小山村，沒有理由不能同時指出，我的身邊有一位國際刑警存在。事實上，當初父親安排溫幼蝶與我同行，大概也有基於這方面的考慮。

最後，即使他們僥倖逃脫了包圍圈，接下來還必須要面對囚禁人質、聯絡家屬、贖金交付等許多接踵而來的問題。

不，綁架這種自找麻煩的事情，實在太不符合黃泉使者的作風。那個男人的犯罪，應該是直截了當，乾淨俐落，不留任何痕跡的——

比如說，**謀殺**？

我先是被自己的這個念頭嚇了一跳，但隨即又忍不住笑出了聲。的確，殺一個人要比綁架容易得多，即使在國際刑警的眼皮底下也有成功的可能。然而，無論這兩人是多麼危險的罪犯，他們都與我素未謀面，更加談不上什麼仇怨。

——他們只是執行者，幕後的主使當然另有其人。

——呵，那麼，誰會想要我的命呢？

那些能從案件中獲得利益的角色，往往就是幕後隱藏的真正犯人。溫幼蝶曾說過的每個字，此刻彷彿化作了一把把錘子，冷酷無情地敲打著我的鼓膜。

——能從我的死亡中獲得利益的角色嗎……

——閉嘴!!

——而且,此人還明確知道我的行程……

——停!不要再想下去了!!

——如果是她的話……

——可惡,我說閉嘴啊!!!

——捫心自問吧,我可以完全信任她嗎?

——廢話!!她可是我唯一的妹妹啊!!

——那麼,和她在一起的那個傢伙又怎麼樣?

我渾身像個篩子一般,因為這個可怕的想法而瑟瑟發抖。是的,要是我不在了的話……假以時日,雅絲敏,她將擁有獨自繼承維特施泰因家所有財產的權利。

要是在以往,我當然會毫無保留地信任我的妹妹。然而,在卡爾・穆勒那傢伙的教唆之下,她依舊還是我認識的那個雅絲敏嗎?

這顆懷疑的種子,究竟是從什麼時候開始,在我的潛意識中發芽的呢?

幾天前,當我們在北京機場等待轉機的時候,雅絲敏曾經給我打來過電話。那會兒大約是北京時間下午一點,里約熱內盧時間凌晨兩點。

這麼說來,當時她也搞錯了,巴瑞・曼尼洛的歌曲裡那個「科帕卡巴納」的含義。難以想像，身處在里約科帕卡巴納海灘的遊客，會犯下這樣的低級錯誤。然而，如果只是參考由旅行社或互聯網上找來的資料，偶爾看到了這個名字的話，造成誤會就不足為奇了……

倘若把這些之前忽略了的細節一一拾掇起來，一個疑問便已經呼之欲出——雅絲敏，她**真的**是在巴西嗎？

還是說，她瞞過了所有人，在**某個地方**暗中策劃著什麼？

太荒謬了。彷彿一夜之間，身邊的每個人都長出了尖銳的利爪和獠牙，怪物們形成了一個包圍圈，正在朝中央步步逼近……

唯一可以信賴的，似乎就只剩下一路陪我走來的溫幼蝶而已。按父親的行事風格，在指定她作為我的保護人之前，必然已經暗中對她進行過了徹底的調查。在知人善任方面，父親從來都是獨具慧眼，這一點毋庸置疑。

可是，真的是這樣嗎？

身為國際刑警，形跡可疑的傢伙明明就在旁邊，她卻只是一味地選擇迴避。簡直就像是一隻在老鼠面前倉皇逃竄的貓。

退一步說，就算她為了我的安全著想，因此盡量避免跟對方發生正面衝突。然而，為什麼她沒有立即採取行動，強行帶我離開這處是非之地？——我承認，那樣的話，必定將會招致我充滿敵意的反應。不過，反正我的心情從來就不在她的考慮範圍內，不是嗎？

至於父親，所謂智者千慮，必有一失；隨著年齡日益增長，判斷力會漸趨下降也是不爭的事實。一個最明顯的例子就是，對於居心叵測的卡爾・穆勒，父親竟然未能識破他的本來面目，放任讓雅絲敏墜入那傢伙的圈套之中。

我忽然朝自己發起火來。右手一捏成拳，狠狠地掄在枕頭上，數百根無辜的羽毛一同發出了沉悶的悲鳴。

這種彌漫全身，幾乎要讓人窒息的懦弱感算是什麼回事？即使已經陷入了孤立無援的境地，即使已經可以嗅到撲面而來的惡意，那又怎麼樣？？我不遠萬里來到這兒，不正是為了對付那些凶頑之徒的嗎？

「萬一，有壞人以你為目標的話……」

「那這壞人就活該要倒大霉了。」

當初在母親面前的豪言壯語，現在聽起來卻像是最辛辣的諷刺。

不！並非毫無勝算的！我擁有這些常人幾乎無法理解的靈敏感官，只要在適當的時候加以合理運用，便可能產生足以扭轉局勢的效果。憑著這一雙耳朵，就算陰險狡猾有如那黃泉使者，不也一樣乖乖地親口吐露了重要的情報嗎？

不錯，我才不會這麼輕易就束手就擒。我還沒有解開小光一案中的謎團，當然不可能在這裡半途而廢。況且，還有那圍繞在雅絲敏身邊的重重疑雲……她的那些謊言背後，無論隱藏著多麼殘酷的事實，我也要親手把它揭破。

這是身為哥哥的我的覺悟！

儘管多少只是在虛張聲勢，卻彷彿出掉了一口惡氣，心情頓時輕鬆了許多，睡意便突然如潮水般洶湧襲來。在即將失去意識之際，我迷迷糊糊地聽見，遠處又傳來了公雞的叫聲。

這一覺居然就直接睡到了傍晚。長途旅行、時差、攀山越嶺、深入虎穴……連日來由於種種因素損耗掉的體力，終於得到了徹底的恢復。我隱約地有一種預感，決戰的時刻馬上就要來到了。

為了保持適度的警惕性，我睡得並不十分踏實；半夢半醒之間，外頭的動靜卻顯得尤為清晰。黃泉使者和酒鬼大叔一如既往，早飯過後便不知所蹤。接近中午時，溫幼蝶跑來敲我房間的門，不過我懶得動彈，只是隨口咕噥一句敷衍了過去。

下午六點左右，忍無可忍的飢餓感終於把我從床上拉了起來。正所謂兵馬未動，糧草先行，囫圇吞下昨天剩下的大半包餅乾後，恰好聽見上層院子傳來一陣頹唐的腳步聲。不用想也知道，這一整天自然還是一無所獲。我不禁暗暗好笑，他們踏破鐵鞋，卻不知道要找的人竟就在自己腳下。

慢著。好像有些不太對勁。

假如對方的目標是我的話，為什麼還要每天跑到外面去？這是村裡唯一的招待所，除此之外，我根本就不可能有別的落腳之處。他們應該非常清楚這一點才對。

又是一樁怪事。不過，我並不感覺特別焦急。只要運氣站在我這邊，今天晚上，或許就會水落石出了。

綜合考慮目前的形勢，我決定還是把突破口放在這兩個男人身上——毫無疑問，阿香現在仍然提防著我；溫幼蝶的行動又頗為微妙，我實在拿不準她的立場。至於手段方面，必須揚長避短，因此仍然採取已經證明了行之有效的偷聽。當然，有了昨晚的經驗教訓，這次我將加倍小心行事，房門也不再上鎖，即使再次出現突發情況，我也能及時撤退回來。

是夜，我在相同的時間出發，路線也和之前完全一致。駕輕就熟之下，沒費多少工夫便來到了上層的院子。路過蝶姨的房間時，裡面一片死寂，不知道她在幹些什麼。

我如法炮製，躡手躡腳地往西側的第二間窯洞騰挪。從這裡既可以清楚地聽到二人的談話，又保持著一個相對安全的距離。

就在這時，後面傳來了一點兒極其輕微的聲音。即使是我，倘若不是在特別安靜的環境裡，恐怕也無法聽見。

嗖……嗖。

它是如此的微不足道，卻登時把我嚇得魂飛魄散，因為我知道，這個聲音究竟意味著什麼！

那是揮手驅趕蟲子的時候，衣服擺動而引起的風聲!!

我的身後有人!!!

一路上，我無比謹慎，數度停下來聆聽四周，根本沒有察覺到有人的氣息。不過我立刻便明白了是怎麼回事：在樓梯口的反方向，東側那凹進去的窯洞門前有一片平地，這個人一直就躲在那裡，而且還故意屏住了呼吸。

彷彿我是準備捕蟬的螳螂，對方卻猶如一隻冷酷的黃雀，早早地設下了埋伏，只待我自投羅網。

我百思不得其解。難道昨天我留下了什麼蹤跡被發現了嗎？或者，阿香終究還是把我出賣了？可即使如此，他們又怎麼能預料到，今天我還會捲土重來？

「咱們只要來一個守株待兔，不怕那傢伙不現身。」

唯一可以確定的是，現在的我，正是那隻一頭撞上了大樹根的兔子。

後方的退路已經被徹底封死，前方則是敵人的大本營。出師未捷，我便陷入了前所未有的巨大危機之中。

對了，哪怕是兔子，也有狡兔三窟。那兒可能還有一條出路！

頭腦急速旋轉，身體則完全是憑著本能在移動。我絲毫不敢猶豫，腳下生風，拔腿便向前狂奔，掠過兩個男人的房間，直衝西邊的側門而去。

這扇門沒有鎖!!

我大喜過望，馬不停蹄地奪門而出。幾乎就在同一時刻，身後傳來了另一扇門打開的聲音。

「怎麼回事？」只聽那黃泉使者陰惻惻地問道。

「他跑出去了！」伴隨著一陣踉蹌的腳步聲，酒鬼大叔氣急敗壞地回答道，顯然是正從埋伏的地點趕過來。

「追!!」

我哪裡還敢盤桓，連忙落荒而逃，心中不禁暗叫好險。

——假如剛才黃泉使者不是留在了窯洞裡，而是直接守在門外的話，兩人前後包夾，我就只有束手就擒的分兒了。

——但話說回來，為什麼他沒有守在門外呢？

——另一方面，酒鬼大叔選擇的埋伏地點也很奇怪，為什麼要躲在那麼遠的地方呢？正是由於這段距離，才讓我有了逃走的空間。

——因為，最東邊的一間窯洞是往裡凹的；站在樓梯口，視線就會被牆角阻擋，無法看見那裡有人。

——黃泉使者留在室內，恐怕也是基於同樣的理由。

——難道……難道他們竟然不知道，我是一個盲人?!

我飛快地思考著，步伐卻不得不放緩了下來。三天前，我曾經走過這條小路，但遠遠沒有熟悉到可以奔跑的程度。只能手持盲杖，依靠超聲波指示方向，在保證不會摔倒的前提下盡量快速行走。

這時黃泉使者和酒鬼大叔剛剛從招待所的側門走出來。剛才憑著出其不意的一招，我已經成功地和兩人拉開了一段距離。村子裡沒有路燈，在這伸手不見五指的山間小道上，他們的移動速度，應該還遠不及我才對。

不過，一下熟悉的喀嗒聲，立刻又像一盆冰水澆注在我的頭頂——有人打開了手機上的手電筒功能。

我不由得抹了一把額上淋漓的冷汗。即使有了照明，我也還遠在對方的視線範圍之外。問題在於，這條路通往的地方是……

一個岔路口恰好出現在左邊。像這樣的岔路口，沿路還將有好幾處，根據阿香的說法，都是些不太好走的上下坡路。對於逃亡中的我來說，輕率地轉上這些岔路未免過於冒險，只能希望這兩個要命的追蹤者會在某個地方誤入歧途。

然而那腳步聲偏偏就如附骨之疽一般，忽遠忽近，卻始終陰魂不散地跟在我的身後。

在這危急關頭，我卻忽然想起了一件無關痛癢的事情來：那個時候，王禧娣會不會就是像我現在這樣，一步一步地被逼入了絕境的呢？

盲杖在手中開始微微振動，之後逐漸變得強烈起來。我終於走到了小路的盡頭，這裡三面環山，是一處不折不扣的死胡同。路旁生長著一棵高大的槐樹，扭曲的枝幹宛若從地獄中破土而出的惡魔之手。不遠處是那個被詛咒了的井口，好像一隻被挖去了瞳仁的眼睛，空洞的眼眶正一眨不眨地盯著我瞧。

一陣徹骨的奇寒從井邊飄來，彷彿是那些怨靈們嗤笑著發出的召喚：到這下面來吧，你已經無路可逃了。

它們說得對啊，我失魂落魄地想。聽，那些腳步聲已經越來越近了。我艱難地鼓起所剩無幾的勇氣，拚命抵抗著那來自井底的誘惑。反正是一籌莫展，我乾脆繞到了那棵老槐樹的背後，靠在樹幹上大口大口地喘著粗氣。

躲在這裡的話，我無奈地苦笑著，或許還能多堅持個五分鐘左右吧。

時間無情地一分一秒流逝，我的呼吸已經慢慢恢復了正常。緊接著，那兩人的腳步聲也在咫尺之遙停止了下來。

「這裡是死胡同啊。」酒鬼大叔氣喘吁吁地說。

「你看，」黃泉使者指出，「那兒有口井。」

「那傢伙總不可能躲在井底吧……」

酒鬼大叔的話說到一半便戛然而止。顯而易見，他已經發現了，這個附近唯一有可能藏著人的地方。

腳步聲再次響起。一步、兩步、三步……每走一步，便離這棵槐樹又近了一分。終於，男人確確實實地站在了我的面前，一股濃重的汗味刺激著我的鼻孔。毫無疑問，即使手機發出的光線再微弱，也已經足夠將我暴露無遺。

一切都結束了，我心道，這次真的是完蛋了。

「樹後面也沒有人，」只聽酒鬼大叔道，「那傢伙一定是剛才從哪條岔路逃走了。」

真是不甘心哪，我恨恨地想，竟然要倒在這裡——哎?!

他剛說了什麼?!

「唔，」黃泉使者沉吟道，「算了，先回去吧……」

彷彿有一道閃電突然從天而降，不偏不倚地，在我的顱腔內猛烈爆炸了開來。

沸騰了，我的整個大腦都沸騰了。從來到這個村子的那天開始——不，從最初遇到溫幼蝶的那天開始——不，從還要更早得多的時候起，我所經歷過的那些情境，一個個細節猶如點點螢光，恰到好處地彙聚在一起，幻化成了一片炫耀的海洋。

啊——啊——我激動得渾身不住顫抖，這，就是傳說中的光明嗎？

是的，當然，原來如此。

在這個漆黑一團的夜晚，在這個沒有燈光的地方，這個失明了十八年半的盲人，卻看見了所有的真相。

然後我做了一件連自己都不敢相信的事情。我從樹後閃身出來，向那兩人正在離去的背影叫道：

「你們是在找我嗎？」

有那麼一會兒，彷彿連時間都一併靜止了。

「呵——」良久，黃泉使者終於開口，「這還真是意想不到呢。」他的聲音裡，第一次出現了驚訝的感情。

20

「這還真是意想不到呢，夏亞。」

方程罕有地顯出了驚奇的樣子。我注意到，他的眼睛裡閃爍著某種異樣的光芒。

故事似乎馬上就要進入高潮，腹部卻突然一陣痙攣，我不由得合上了手中的書。

並非什麼名著，而是一部題為《殺人鬼屋捉迷藏》的短篇推理小說。作者的全名原本叫做夏亞軍，但書中的其他角色通常都只稱呼前面的兩個字。據作者本人介紹，他曾以本文參加某推理雜誌舉辦的徵文比賽，鎩羽而歸後，便上傳到了個人網站上提供免費閱讀。

舞臺是位於河中央的一座小島，小學時代的夏亞軍在這裡度過了大部分的童年時光。二十年後，夏亞軍和其好友方程又偶然回到了島上，故事就此在兩個不同的時空中交錯展開——前一章講述的是現實，下一章則變成了二十年前的回憶。

就現代推理小說而言，這樣的結構當然算不上什麼標新立異。隨著博覽群書的讀者越來越多，流行於黃金時代的平鋪直敘已經難以滿足他們日益挑剔的胃口。推理作家們於是開始挖空心思地在這方面大做文章，倒敘、插敘、多重視角、小說中嵌套的另一篇小說……各種花樣層出不窮，就好像受虐狂對疼痛和快感永無止境的追求。

倒不是說我不喜歡這股風潮。不過過於頻繁地改變敘事角度，無法一氣呵成，流暢度方面就難免會打了折扣。就以我現在讀的這篇小說為例，因為新一章的開頭並非接續上一章的結尾，讓人不禁產生一種斷層的感覺。

肚子又是一陣抽搐，接連不斷地發出警告的咕咕聲。雅絲敏在搞什麼？我們約好了一起吃午飯，但她已經遲到超過半個小時了。

叩叩。

有人敲響了我宿舍的門，雖然它本來就是敞開著的。

「嘿，本，我是來給你帶口信的。」瑪蒂爾達的聲音在門邊響起，「小雅說她很抱歉，今天不能和你去吃午飯了。」

從我們住進學校宿舍的第一天起，這兩個女孩便成為了室友。我則和伊莉莎白共用一個房間。此刻她矜持地趴在角落裡搖著尾巴，向瑪蒂爾達表示歡迎；不過倘若來的是雅絲敏的話，她大概早就歡快地衝上去撒嬌了。

「謝謝，瑪蒂。小雅怎麼了？」

「她和卡爾出去了。」瑪蒂爾達的語氣愉快得近乎詭異，這讓我立刻警覺起來。

「卡爾？」我皺眉道，「什麼卡爾？誰是卡爾？」我們學校裡並沒有叫卡爾的傢伙。

「卡爾・穆勒啊，小雅沒跟你提起過他嗎？」

「所以我才要問妳啊。」

「嗯……他來自北部，現在在ＬＭＵ[33]主修金融。差不多比我們大兩年，但中途跳了兩次級，所以馬上就是大學四年級了。」

這話聽得我的心裡更加不是滋味。九年前，當時的主科教師特魯曼小姐提議讓我跳過三年級，但被父親否決掉了——雖然，那可以說是我咎由自取。但從那時候起，儘管我的學習成績依舊出類拔萃，卻沒有人再提起過跳級的事情了。

「嘿，我還帶來了口信以外的東西。」瑪蒂爾達說著把一個紙盒放在桌子上。

事實上，我早就聞到了那股油乎乎的味道——來自街角那家中國餐廳的外賣。倘若我猜得不錯的話，裡面是醬油炒麵、炸肉丸和水煮蔬菜。真不明白德國人怎麼會認為這些東西能代表中國菜。

更可惡的是，這家店居然還是雅絲敏向大家介紹的。「和在中國吃到的味道一模一樣。」她曾經這麼說。

「瑪蒂，妳也還沒吃飯，對吧？」我搖搖晃晃地站起來。「我今天突然特別想吃披薩，一起去怎麼樣？這個我留著晚上再吃好了。」

33. ＬＭＵ：指慕尼黑大學。全稱為慕尼黑路德維希・馬克西米利安大學（Ludwig-Maximilians-Universität München）。

「對不起。」瑪蒂爾達猶豫著道，「我很願意，可是今天在ＢＭＷ世界[34]有一個工業設計講座，我必須在半小時之內趕到那兒……」

「噢。」我只好重新坐回去，「當然，妳不可能錯過這個的。」

瑪蒂爾達的志願是成為一名工業設計師，以設計出世界第一的超級跑車作為目標。

「對不起。」她再次道歉。

「沒關係。能知道自己想要幹的事情實在太好了。」

「你呢？大學的專業確定了嗎？」

「一點頭緒都沒有——不過，反正不會是跟設計有關的啦。」我自嘲地說。

「嗯，我還以為你大概會打算學金融呢。」

「為什麼妳會這麼想？」

「你是一個維特施泰因啊，你們家族裡總有人是幹這個的。而且只跟數字打交道的話，即使看不見也無所謂，不是嗎？」

「唔，」我隨口敷衍道，「我猜我爸可能會喜歡這個主意吧。」

「也許你該和卡爾聊一聊，」瑪蒂爾達卻十分認真地說，「他好像還是ＬＭＵ某個兄弟會的幹部呢……」

「話說，妳的講座不是快要開始了嗎？」我忍無可忍地下達了逐客令。

瑪蒂爾達大叫一聲糟糕，然後一溜煙似的跑掉了。

我軟塌塌地靠在椅背上，任由那股刺鼻的油腥味侵犯著我的嗅覺。怎麼搞的，這些傢伙不過和我年紀相仿，卻好像都已經找到了各自的人生目標。

何媽媽最近的一封來信，帶來了樂樂考進北京電影學院導演系的大新聞。這是迄今為止——她的字裡行間洋溢著無與倫比的自豪——從孤兒院裡走出來的第十名大學生。

「今後的中國電影大概會以悲劇為主了吧。」當時，我和雅絲敏一起調侃道。

馬丁神父逝世以後不久，張媽媽也到了該退休的年齡。何媽媽接任了孤兒院的管理工作，和我們中斷了將近一年的通信，也差不多從那時起開始恢復。

最初的一封信是郵寄到來的。內容當然是中文，我會讀但看不見，而雅絲敏能看見卻讀不懂。我們只好向伊蓮求助，但她正忙於照顧自己剛出生不久的孩子而分身乏術，於是派來了她家的兼職保姆幫忙——後者也是一位住在慕尼黑的中國留學生。

在回信中，我留下了我和雅絲敏的電子郵箱位址。自此之後，何媽媽便改為給我們發電子郵件。我通過語音軟體收聽並為雅絲敏翻譯，回信也只是由我一人撰寫。

「茜茜，茜茜。」

隨著我一聲呼喚，伊莉莎白立即跑上前來，用嘴巴蹭著我的膝蓋。

34. ＢＭＷ世界（BMW Welt）：位於德國慕尼黑，緊鄰ＢＭＷ總部和慕尼黑奧林匹克公園（Olympiapark），於二〇〇七年開幕。除了在此進行新車交付以外，還會不定時舉行各種活動、會議及講座。

「喏，這個給妳。」

我把外賣的紙盒拎到她的鼻子前。伊莉莎白首先謹慎地嗅了兩下，然後不太情願地叼起盒子，慢悠悠地走回宿舍的角落。她有足夠的理由感到失望，這頓午飯顯然比不上一盤香噴噴的ROYAL CANIN[35]。

她的品味可比不少人要強得多了，我想。

飢餓仍然在折磨著我的五臟六腑，可惜饕餮的心情卻已經消失殆盡。我重新打開手邊的書本，希望把自己沉溺於小說中的世界。

我正襟危坐，掀開了揭曉謎底的那一章。

21

啊，是的。在這一章裡，我終於將要揭開，那個案件背後不為人知的真相。

光是這麼一想，身上便起了一層雞皮疙瘩。天色剛濛濛亮——不，或許根本還沒亮，反正對我來說也沒有任何區別。涼颼颼的過堂風揚起塵埃，乾枯的灌木枝條發出刺啦刺啦的響聲。每天準時報曉的公雞，此刻似乎還在沉睡之中。

我就坐在招待所的院子裡。面前的破桌子依舊是那副弱不禁風的悲慘模樣，敦厚結實的榆木板凳上，凸出的老樹根還在熟悉的位置。其實闊別不過數日，此間情境卻有一種令人極懷念的感覺。

桌椅是阿香擺開的。之後，她打開前院的大門，消失在黎明時分的黃土高原上。結果她回來的時候嚇了一大跳，幾乎把手中的一籃子食物全扔了。

「阿香小姐，早上好。」我平靜地笑道。

35. ROYAL CANIN：法國狗糧品牌。

「怎麼……」她語無倫次，「那個，你……」

實在是太可惜了，我暗歎一口氣，竟然無法欣賞此刻她臉上的表情。

「妳要是再不回來，我可真要餓死了。」我主動把她手裡的籃子接過來，以免發生別的意外。「太棒了，今天果然也有油條呢。」

阿香像個木頭人般佇立原地。我老實不客氣，從籃子裡掏出一根油條便大嚼特嚼。

「實在是太好吃了……」我口齒不清地說，「阿香小姐，麻煩妳去叫蝶姨也下來吃飯好嗎？請別忘了給她準備一瓶橙汁。」

彷彿我唸動了某個召喚咒語，從樓梯方向傳來一陣急促的腳步聲，溫幼蝶已經不請自來了。

「蝶姨，早啊。」我更加笑容可掬，「好久沒有像這樣吃早飯了呢。」

溫幼蝶一言不發，坐到了旁邊空著的那條板凳上。

「一瓶橙汁，」我向阿香重複道，「我的話就還是要豆漿好了。」

阿香猶豫了一小會兒，然後才慢慢地走開了。

「你……」溫幼蝶開口道，「昨晚是一整夜都沒睡嗎？」

「與其說一整夜沒睡，」我一邊回答，一邊打了個巨大的呵欠，「倒不如說，直到昨天晚上，我才終於睡醒了過來吧。」

這時阿香折了回來，在我面前放下一個大碗，往裡面注入新鮮研磨的豆漿。

「多虧了這樣，」我繼續道，「我才總算明白了，這個案子的真相……」

噗嚓。一汪豆漿倒灑在桌面上，我急忙連人帶板凳往後退去，但還是被好幾滴熱呼呼的液體濺到了身上。萬幸的是，此時豆漿的溫度已經算不上滾燙。

「對不起，」阿香恍惚地道歉，「我去拿毛巾來……」

「阿香小姐，不必麻煩了。」我喊住了她，「請妳也一起來聽一下好嗎？我對這個案件的推理。」

「我，那個……」

阿香似乎想打退堂鼓，卻苦於找不到藉口，躑躅間顯得十分窘迫。

「既然如此，」溫幼蝶替她解圍道，「阿香妳就坐下來好了。那麼，阿本，不妨就從結論開始吧——你認為犯人是誰？」

我點點頭，深呼吸一口氣，說出了那個名字：

「王禧娣。」

——至少，從某種程度上來說……

「就像警方之前公佈的那樣，」我胸有成竹地說道，「案發當天下午，王禧娣帶走了正在村裡玩耍的小光；他們來到後山，王禧娣先餵小光吃下了安眠藥，然後以撿來的尖銳樹枝作為兇器，剜去了他的眼球。」

「按照這個說法，」溫幼蝶道，「當時被小胖子目擊到的，那個黃色頭髮的女人，就是王禧娣本人嗎？」

「不錯。那一天，王禧娣把頭髮染成了黃色。她使用的大概是一次性的染髮劑，只要事後以清水沖洗，便可以恢復本來的形象。」

「這真是太荒唐了。」阿香彷彿又煥發了活力，突然插嘴道，「那個，阿順嫂幹嘛要這樣做呢？我可絕對不會相信警察的那些無稽之談。」

「啊，是的！動機，這正是本案最令人無法理解的地方——犯人為什麼要挖了小光的眼睛，而不是乾脆殺掉他呢？我和阿香小姐一樣，從一開始就不相信，動機會是單純的金錢糾紛，或因為沒有子嗣而引發的嫉妒；至於器官買賣的種種傳言，就跟神祕的古井詛咒一樣，根本站不住腳。」

我捧起如盤子一般巨大的碗，滿滿地呷了一口豆漿。

「事實上，在我們到達這裡的第二天，蝶姨甚至還懷疑過招待所相關人員涉案的可能性——客觀地說，由於本案受到的廣泛關注，確實為招待所招徠了大批顧客。」

「這……」阿香委屈地嘟囔，「溫姐，這太過分了……」

「請別擔心，」我安撫她道，「再三考慮以後，我認為這種假設也並不合理。首先，這樣獲得的利益明顯缺乏持續性；而且，會造成多轟動的效果，事先也很難預測。」

阿香哼了一聲，似乎依舊無法釋懷。

「我左思右想，始終想像不出，犯人的動機究竟是什麼。最後，我不得不認為，根本就不存在一個合理的動機。」

「可是案件仍然發生了。」溫幼蝶提醒道。

「是的，在不存在動機的前提下，悲劇仍然發生了。那麼，大概只有兩個可能性——第一，也許犯人是個不具有正常思維能力的人；第二，也許這根本就不是一起案件，而只是一起意外。」

「原來如此。」溫幼蝶無動於衷地說，「那麼你是主張，王禧娣是在精神失常的情況下實施犯罪的，對嗎？這倒跟來富的觀點相吻合呢。」

「我不同意。來富認為，王禧娣患上了精神分裂症[36]，最終引起了暴力行為。可是，這就無法解釋她為什麼染黃了頭髮，更無法解釋為什麼她事先準備了安眠藥，卻使用樹枝這種不趁手的兇器。」我頓了頓，又道，「我則相信，儘管王禧娣確實存在精神方面的問題，但她所患的並非精神分裂症，而是分離性身分識別障礙[37]。」

「分離性……什麼？」阿香一頭霧水地問。

36. 精神分裂症（Schizophrenia）：是一種嚴重精神疾病。為了減少社會對精神病人的偏見與錯誤認知，鼓勵患者積極治療，日本於二〇〇二年將該病改譯為「統合失調症」，臺灣則於二〇一四年改譯為「思覺失調症」。

37. 分離性身分識別障礙（Dissociative Identity Disorder，DID）：又譯解離性人格疾患、人格分裂、多重人格（Multiple Personality Disorder，MPD）。

「分離性身分識別障礙，過去也被稱為多重人格障礙，是指患者的身體和大腦裡，存在著超過一個的人格。這些人格輪流控制患者的行為，當某個人格處於活躍狀態的時候，其餘的人格是沒有意識的。」

「多重人格，那不就是精神分裂嗎？」

「不，雖然都是精神方面的疾病，但它們完全不一樣。」我誇張地搖著頭，「精神分裂症的患者，思考方式已經崩潰，同時出現包括幻覺、妄想、胡言亂語等症狀，嚴重時甚至會產生自殘或傷人的暴力傾向。而分離性身分識別障礙的患者卻不會出現這些症狀，他們的每個人格都是穩定的，並且擁有各自的思考方式。也就是說，無論哪個人格處於活躍狀態，患者的行為仍然應該符合一定的邏輯。」

「假如是這樣，」溫幼蝶敏銳地指出，「無論王禧娣擁有多少個人格，她也不可能無緣無故地傷害小光。」

「妳說得對。所以王禧娣那些怪異行為的背後，必定存在有跡可循的邏輯——至少，對於她的其中一個人格來說，這些行為就是合理的。」

「但是，比如說王禧娣在接受審訊後的那通胡言亂語，無論如何也不會有什麼邏輯吧。在我看來，反而更加符合你剛才對精神分裂症症狀的描述，不是嗎？」

「假如她說的那些話，並不是胡言亂語呢？」

「『我是鬼』這種話難道還不是胡言亂語？」

「不僅不是，而且還是本案極為關鍵的所在——正是這句話為我們揭開了，隱藏在她大腦裡面的，另一重人格的身分之謎。」

「另一重人格的……」阿香喃喃自語，「啊!!!」

「是的。」我沉重地點點頭，「『我是鬼』這句話，其實可以非常簡單地理解成『我是已經死去了的人』——在本案中符合這個條件的，恐怕就只有小光的姐姐，在五年前因為意外墜井身亡的王曉燕。」

平地突然憑空颳起了一陣小龍捲風，把幾顆硬邦邦的黃沙甩到我的臉上。

「分離性身分識別障礙的形成，通常被認為與巨大的心理創傷有關。」我無視來自這片土地的抗議，繼續敘說著悲劇的始末，「是當遭受難以應付的打擊時，大腦出現的一種自我保護機制。一般來說，患者啟動新的人格，是藉此獲得一種『這件壞事不是發生在我身上』的感覺；而王禧娣的情況則比較特別——通過生成新的人格，她乾脆抹消了那件壞事。

「正如多數證詞所指出的那樣，王禧娣一直對孩子們寵愛有加。五年前，她在井邊目睹了小燕的死亡，因為無法接受殘酷的事實，她的大腦分離出來了一個小燕的人格，讓不幸夭折的侄女，從此活在自己的身體裡面。

「像這樣分離出已故親人人格的病例雖然罕見，但在世界範圍內也不是絕無僅有。我們可以合理地推測，從最初開始，王禧娣的人格和小燕的人格就知道對方的存在，而且能夠進行一定程度的溝通，這在心理學上稱為並存意識[38]。

「這麼一來，之前的許多疑點便可以迎刃而解了。王禧娣當然十分清楚，這種關係會在村裡掀起軒然大波，為了避免不必要的麻煩，她指示小燕的人格盡量不要跟其他人接觸，甚至不能和父母相認。事實上，當小燕的人格處於活躍狀態時，她們幾乎從不出門。

「但即使如此，偶爾還是會出現在外面突然發生人格轉換的情形。這便是有人向王禧娣打招呼，她卻倉皇逃跑的真相——那時候，處於活躍狀態的是小燕的人格。不過，這在後來被誤認為單純的神經衰弱症狀。

「只要小燕的人格願意配合，要瞞過王禧年和劉麗並沒有多大困難；至於李順，當他返回村子的時候，王禧娣自身的人格便進入活躍狀態。因此即使是這些與她們最親近的人，也完全沒有察覺到小燕這重人格的存在。

「日子暫時相安無事地一天天過去。在這五年間，原本只有四歲的小燕的人格應該還在繼續成長。不過，由於無法與外界接觸，而且還有相當一部分時間處於非活躍狀態，人格的成長也因此受到了限制。就行為能力而言，小燕的人格幾乎仍然停留在四歲時的狀態。

「但另一方面，少女愛美的天性還是逐漸顯示了出來。於是王禧娣為她購買了色彩鮮豔的衣服，這些衣服李順當然都沒有見過，所以他在警方的測試中一敗塗地也就不足為奇了。也許是因為受到電視劇和動畫片的誘惑，小燕的人格對黃色頭髮產生了興趣，溺愛的王禧娣又為她準備了一次性的染髮劑。

「從某個時候起，小燕的人格開始接近小光——遺憾的是，王禧娣沒有看出這個危險的苗頭。有理由相信，案發當天並不是『姐弟二人』的初次見面，所以即使她的相貌奇特，小光也自願地跟她離開。在警察的詢問中，小光曾經表示，把他帶走的女人說的不是方言而是普通話——作為村裡的年輕一輩，小燕說普通話是理所當然的……」

「慢著——」阿香打斷了我，「你是說，阿順嫂體內的小燕的人格挖了小光的眼睛?!為什麼?!」

「真要說動機的話，倒也不是完全沒有。」溫幼蝶沉吟道，「畢竟，小燕當年的意外，跟父母只顧著照看弟弟也有一定的關係吧……」

「她是回來**報復**的？」阿香的聲音顫抖著。

「我並不這麼認為，」我堅定不移地說，「小燕的人格並沒有傷害小光的企圖。」

「那她為什麼要帶走小光呢？」

「因為小燕的人格仍然謹記著王禧娣的囑咐，不允許跟其他人有所接觸，所以她把小光帶去了人跡罕至的後山。之所以選擇小光而不是別的孩子，大概可以看作是姐弟之間的某種羈絆吧。至於她的目的——」我舔了舔嘴唇，「和那兒的所有孩子一樣，只是單純地為了**玩**

38. 並存意識（Co-consciousness）：指分離性身分識別障礙患者的各個人格是否知道彼此的存在。在良好的並存意識下，不同的人格甚至可以進行內部溝通。

耍而已。」

對面的兩位女士不約而同地沉默著，不知道是否都掛起了花容失色的表情。

「除非日後小光能夠喚起相關的記憶，否則恐怕永遠也無法得到證明了。但我相信，姐弟倆當天所進行的，是『醫生和病人』的遊戲。小燕在離開王禧娣家之前，還特地準備了遊戲的道具——幾顆她並不知道有什麼用途的藥丸。

「無論他們是如何決定的，總而言之，當天的遊戲由小燕的人格來扮演醫生，扮演病人的自然就是小光了。在一番『診斷』以後，小燕開出了『藥方』，就這樣，小光吞下了那些藥丸。

「不久後藥效發作，小光昏睡了過去。小燕的人格當然不清楚這是怎麼回事，她依舊沉浸於快樂的遊戲之中。問題在於，弟弟一直不肯睜開眼睛，那就沒辦法繼續玩下去了。

「這時候，身為『醫生』的她，突然靈光一閃：眼睛打不開了，這不就是一種病嗎？病人的眼睛被封在裡面了，醫生必須要幫他挖出來才行呢。她越來越篤信，自己的判斷是正確的。

「然後，她從地上撿起來一根樹枝。」

對於案發當天的經過，我的推理到此為止。真凶——如果，必須稱之為兇手的話——是王禧娣的身體加上王曉燕的人格。她具備成年人的力量，卻只有幼童的心智，最終釀成了這場悲劇。

半晌，溫幼蝶評價道，「所以，不是案件，而是意外啊……」

阿香則仍有疑問，「那個，阿順嫂真的是自殺的嗎？」

「如果妳是指王禧娣的人格，我並不相信她會畏罪自殺。」我謹慎地回答道，「尤其是當她知道，必須依賴於她的生命，小燕才能繼續存在的時候。」

「那就是說……」

「雖然沒有證據，不過我們還是可以猜測一下後來發生的事情——首先，直到她離開現場為止，活躍的仍然是小燕的人格。否則的話，王禧娣一定會把受傷的小光救出來。回家以後，王禧娣的人格蘇醒，發現衣服上沾染的血跡，立刻明白了事態的嚴重性。情急之下，她只好把衣服藏在自家的床底下。

「我認為，在接受審訊的時候，以及被村民目睹她自言自語的時候，處於活躍狀態的都是王禧娣自身的人格。或許是因為小燕過於害怕而不願意出現；但更有可能的是，王禧娣為了保護她，而指示小燕的人格不要出來。

「然而，由於小光的傷勢，王禧娣自身也處在了崩潰的邊緣。她已經沒有力量繼續壓抑小燕的人格了。結果，她們完成了最後一次的人格轉換。

「這時候，小燕也意識到自己闖下了彌天大禍。『如果當時沒從那個漆黑的洞裡出來就好了。』她也許是這麼想的，『那麼，只要我回到那裡去，一切就應該恢復正常了吧。』」

我聽見阿香在輕聲啜泣。喀喇，溫幼蝶擰開了橙汁的瓶子。

「確實是合乎邏輯的推理。」她生硬地說，「恭喜你，阿本，這次是你贏了……」

我突然霍地站起。帶出的勁風幾乎要把整張桌子掀倒。哐啷啷，喝完豆漿的空碗在桌面上搖曳。

「不，」我換上了猶如黃泉使者般陰鷙的聲音，「我沒有。」

阿香一下怔住了，甚至忘記了還要假裝哭泣。

「還真像呢。」溫幼蝶歎了口氣，「我應該早就知道了。『分離性身分識別障礙』、『並存意識』，這些詞當然都是只有他才能告訴你的。」

我點點頭，「他們已經早一步離開了。」

「是嗎……」她似乎鬆了一口氣，然而語調中卻隱約透出失落。

不知道是徹夜不眠令我的嗅覺變得遲鈍，還是推理已經佔用了我全部的思考能力。直到這時我才聞出，從她身上，正飄過來一陣久違了的香水味。

宛如剛啟封的紅酒，那種迷人的橡木香氣。

22

「這是以橡木質為主調，就像一瓶剛剛打開瓶塞的紅酒。」瑪蒂爾達伸出手腕，如數家珍地解說道，「雜誌上說，最適合那些準備進入職場的年輕女士。本，你覺得怎麼樣？」

我幾乎就沒有怎麼喝過紅酒，也從來不去關注她說的那類時尚雜誌。不過，在鑑賞氣味方面還是比較有自信的。

「挺好聞的，」我中肯地評價道，「比小雅那股燒糊了什麼似的味道強多了。」

不出所料，這立刻引來了雅絲敏的激烈抗議。

「本，你差勁透了！」她直接展開人身攻擊，「這是染髮劑的氣味……」

「什・麼的氣味⁈」

雅絲敏這才意識到自己說漏了嘴，但悔之晚矣，索性便強硬到底。

「別這麼大驚小怪的，這只是一次性的染髮劑，洗個頭就可以去掉了。」

「為什麼？」我痛心疾首，「為什麼妳要這麼幹？」

「為什麼你要這麼介意呢？」她反問道，「你甚至不會……」

她硬生生地把後半句話吞了回去。

「中國人應該是黑頭髮。」我固執地說。

「哼，反正卡爾覺得很好看。」

好像有什麼熊熊燃燒著的東西，從胸中直竄到了頭上。

「妳還在和那個姓穆勒的傢伙見面？」

「是的——有什麼問題嗎？」

「那傢伙是在利用妳，他的根本目的只在於討好爸爸而已。」

「那可真有趣，」雅絲敏反唇相譏，「因為爸爸自己可從來沒有這麼說過。」

「瑪蒂，」我絕望地請求增援，「能不能請妳告訴雅絲敏，她應該停止和那個姓穆勒的傢伙見面？」

「當然。小雅，妳不應該和卡爾約會。」瑪蒂爾達一本正經地說。正當我認為她是值得信賴的盟友的時候，她卻又補充了一句，「那樣我就可以趁機把他搶過來了。」

兩個女孩一起咯咯地笑了起來。

「對不起，本，但他確實是個英俊的男人啊。」瑪蒂爾達誇張地歎了一口氣，「誰叫你一直讓我乾等著的？」

「本，」大笑過後，雅絲敏的怒氣似乎消掉了一些，「為什麼你非要干涉我和誰交朋友不可呢？」

「因為，妳是我的妹妹。」我咬牙切齒地說，「我可不能讓那種傢伙傷害妳。」

「先不說卡爾是怎麼樣的人，」雅絲敏道，「即使他是像你說的那樣，你憑什麼認為他就能傷害我？

「呃……」我一時語塞。

「你覺得我們女孩就不能保護自己了嗎？」

「哦？」瑪蒂爾達火上添油，「是這樣嗎？」

「我絕對沒有這個意思。」我蒼白無力地辯解道。感覺好像在不經意間被她逼進了死胡同。

「想當年，」雅絲敏得勢不饒人，「你自己不是還被一個小女孩給弄哭了？」

「聽起來像是一個很有趣的故事啊。」瑪蒂爾達笑著說。

「我沒有哭。」我沉著臉道，「而且，我那時只有四歲。」

「對，你沒有哭出來。」雅絲敏更正道，「不過，她的原意是想要把他弄哭的——瑪蒂，妳能猜到為什麼嗎？當時，我們都生活在一所孤兒院裡，那個女孩的名字是……」

23

「樂樂，好久不見了。」我轉頭面向她，「還是說，妳想讓我繼續叫妳『阿香小姐』？」

桌子對面的女孩沒有任何反應。但我可以想像得到她那不知所措的模樣，仍然如許多年前，那個元宵節的早上一般。

「所以蝶姨才煞有介事地編造了，這個『招待所的阿香』在小光一案中的動機，讓我對她抱持疑心而產生隔閡。」我又轉向那位國際刑警，「以防萬一我們變得熟稔，她脫口而出一句『阿大』，那就前功盡棄了。」

溫幼蝶呷了一口橙汁，對此不置可否。

「有件事情是我一直想不通的，明明妳連『馮維本』這個名字的來由都知道得一清二楚，自然應該也很熟悉我的能力；既然如此，又怎麼會犯下那麼低級的錯誤，讓我聞到硝煙的氣味而識破了妳的身分。」

「沒有什麼好奇怪的吧，」她自嘲地說，「我可做不到算無遺策。」

「也許確實是這樣。但我認為更有可能的是，妳在來我家之前**故意**去了趟射擊訓練館，故意使用槍支以便在身上留下硝煙的痕跡，真正目的都只有一個，就是為了幫助我去當場揭破妳的謊言。」

「呵，」她跟當時一樣鎮定自若，「我有什麼理由要這麼做呢？」

「不錯。一般而言，說一個專門讓人拆穿的謊是不可思議的，沒有人會去做這種多餘的事情。然而，還是有一種例外的情況存在——我花了很長很長時間，才終於明白了過來——那就是，為了隱藏另外一個更加重要的謊言。」

欲擒故縱。利用人們的思維定勢，引導其自行得出錯誤的結論——這一招，溫幼蝶已經屢試不爽。那天，當我逐一指出她的破綻，沉醉於鬥智勝利的快感之際，卻在不知不覺間掉入了一個更深的陷阱之中。

理所當然地，在會面之前，溫幼蝶已經徹底瞭解過我的性格。因此她絲毫不擔心會把我激怒——只要拋出允許我調查案件的誘餌，我絕對無法拒絕讓她同行。事實上，因為航空公司不接受盲人旅客單獨乘機，我根本沒有其他選擇。

不，應該說，我被剝奪了其他選擇。因為另一個原本可以陪同我來中國的人選，已經被提前安排去了方向截然相反的南美大陸。

「既然如此，」溫幼蝶淡淡道，「那你不妨來說說看，這個所謂的謊言是什麼呢？」

我握起拳頭，在桌面上輕輕敲了兩下，底下的桌子腿立即發出了某種不吉利的吱呀聲。

「比如說，這張桌子，」我又端起那只粗瓷海碗，「還有這個碗、我坐著的這條板凳、這上下三層的院子、這些窯洞、這家招待所、這整個村子……這裡的一切一切，全部都只是一個彌天大謊。」

話音剛落，可憐的桌子發出最後一聲哀鳴，連同上面擺放的食物一起轟然坍塌，彷彿終於從這個長久的詛咒中解脫了出來。

「這裡根本就不是什麼小光家所在的村子。」我舉著那只倖存的空碗，「而是在維特施泰因家的授意下建造，再由樂樂一手導演出來的，一個**複製**的村子。」

整件事的幕後主謀，當然是赫伯特和瑪麗•維特施泰因，亦即是我的養父母。而所有的開端，則必須追溯到，這樁「男童挖眼案」初次被國際媒體報導的時候。

每天都密切關注時事新聞，並據此對世界經濟形勢作出判斷的父親，很有可能比我更早得知了這個消息。如此一來也就不難預測，我將會向他們提出，希望借暑假旅行的機會前往這個位於黃土高原上的小山村。

誠如母親所言，這是一趟懷有高尚理由的旅行——無論如何，至少有一半是這樣吧——因此他們感到難以拒絕我的要求。然而，由於某種無法言明的原因，他們又堅決不能讓我真的付諸行動。

在他們眼中，這個原因是如此重要，以至於父母彷彿鬼迷心竅了一般，想出了這個匪夷所思的計畫——他們決定去**創造**一個村子。

父親迅速地擬定了具體的執行方案。在這個方案中，必須解決的問題共有三個。

——首先，是地點的選擇問題。

「即使是傾維特施泰因家之力，在有限的時間內，要讓一座村莊拔地而起也是不可能的任務。」我不帶感情地分析道，「比較現實的做法，是在黃土高原上尋找廢棄的村子，再加以修復改造；或者打著拍攝電影之類的幌子，將某個村子的居民全部暫時遷往別處。當然這麼一來，在細節上便難以做到跟原本的村子一模一樣——比如說，那口水井的位置。

「目前在互聯網上，主流的意見仍然堅持認為，王禧娣是被真正的兇手推到井裡去的。那麼，假如這口井是像我們調查過的那樣，位於三面環山的死胡同的話，至少應該有人會提出一個疑問——為什麼她會跑到井邊去呢？

「可是事實卻並非如此。在網路上找不到任何這方面的討論，根本沒有人認為這是一個值得深究的問題。這是因為，在現實中的村子裡，那口『被詛咒的水井』是在一個完全不同的地方，即使王禧娣從井邊經過，也絲毫不會令人覺得奇怪。

「就『複製』的意義而言，這個村子自然算不上十全十美。但一方面，找到條件合適的村子相當不容易；另一方面，水井位置的特殊性，也可以引導我考慮王禧娣是自行投井的可能性——有人認為，只要讓我成功解開案件之謎，便會心滿意足地回家去了。於是地點就確定了下來。」

——其次，是如何安排村裡的角色。

「如果說，尋找和佈置我們現在所處的這個舞臺，是只要揮灑金錢就能完成的話，在舞

臺上表演的演員卻是可遇不可求的。」我以空洞的目光注視著那個仍然一言不發的女孩，

「幸運的是，在北京電影學院學習，立志要當一名導演的樂樂，能接觸到大量演藝方面的資源。我想，是雅絲敏向妳請求支援的，在此之前，妳們應該已經保持了好幾年的通信往來。

「來富和來貴的扮演者，根據年齡判斷，他們大概都是妳的同學；五婆婆則是由前輩演員擔當。此外，還需要安排更多群眾演員以及在幕後的後勤工作人員，以免這裡變成一個毫無生氣的鬼村子。當然，妳也沒有忘記為自己設計一個舉足輕重的角色——作為這個招待所的經營者，能夠隨機應變的，阿香小姐。

「必須承認，各位的演技簡直是滴水不漏。然而，有一種角色，是無論多麼優秀的演員也扮演不來的，那就是孩子。雖然可以招聘兒童演員，但他們無法理解這種陰謀，很容易便會露出馬腳。因此，當我打算向小胖子作進一步詢問的時候，蝶姨千方百計地讓我打消了這個念頭。

「不過，真正造成了某種不協調感的，卻並非孩子們的缺席，而是狗——在這個村子裡面，連一條狗都沒有。

「為了營造農村的純樸氣氛，買來幾十隻雞放到院子裡飼養，這當然只是舉手之勞。但狗則是另外一回事了。因為它們在這裡沒有熟悉的主人，如果按照農村慣常的方式，不加限制地放養的話，很有可能就會對人造成危險。所以，或許妳們也曾考慮過要這麼做，但結果還是不了了之。」

——最後但同樣重要的，為了應付各種無法預測的突發狀況，還必須要由一位訓練有素的指揮者來統領全域。

「作為經驗豐富的國際刑警，蝶姨被認為是執行這次古怪任務的最佳人選。不僅僅是到達這個『複製村』之後，包括在旅途中，也要時刻提防某種意外的發生。因此，從出發之日起，她幾乎一直寸步不離我左右。然而，我僅存的那麼一丁點兒自尊心，無法容忍這種受人保護的感覺。倘若不是雅絲敏提前『去了』巴西，恐怕我還不會願意聽從這種安排吧。」

所以，對於雅絲敏那膽大妄為的旅行計畫，父母絲毫未加阻攔，也完全不擔心她在外的安全問題。因為事實上，她根本就沒有離開歐洲。

「在北京機場，我接到了雅絲敏一通不合時宜的電話——中國時間的下午一點，已經過了巴西的午夜，但在歐洲卻恰好是一日之計的早晨。兩天之後，這傻丫頭為了彌補自己的失誤，又特地選在巴西時間的晚上，中國的上午再度致電。為此，身在歐洲的她則不得不熬到了半夜。

「假如光是這樣，倒還算不上什麼。可是當時我恰好和蝶姨去了後山，手機沒有信號，她只好不斷嘗試，一直到我們回到村裡才接通。那會兒，歐洲大概已經快天亮了，也就難怪她要在電話裡大發脾氣了。」

噗。扮演阿香的女孩，此刻也終於忍俊不禁。

「當我和蝶姨在飛機上跨越歐亞大陸的時候，計畫的另一部分也在暗中展開：某位『熱心人士』慷慨解囊，資助安排小光前往香港治療，使我們『巧合地』在空中擦身而過。由於簽證的限制，我被迫去作二選一的選擇——是放棄現場調查的唯一機會，還是暫時不和小光會面。不幸的是，我的答案也被準確地預測到了。

「如此一來，把我帶到這個『複製村』的所有障礙已經全部消除。在無法辨別方向的公路上，我沒有任何理由懷疑，汽車正在駛往的，卻並非我預想中的目的地。那天晚上，當我們在『招待所』安頓下來後，我甚至還暗自慶幸，竟然如此順利，能在偏僻的山村裡找到這樣一個還算體面的落腳之處。

「是的，一切都十分順利。簡直，未免有些過於順利了——所有信息幾乎都是唾手可得，行動也完全不會受到阻攔，只不過隨便下個館子，卻不費吹灰之力地獲得了重要的情報。遺憾的是，我並未意識到背後操縱的那股力量，只是沿著早已寫好的劇本，一步一步地被推向案件的真相。

「根據蝶姨的設計，後山的『案發現場』是這場偵探遊戲的最後一站。在那裡，我本應該眾望所歸地解開謎底，然後心滿意足地回家。可是，就在我即將領悟那些『無意的』暗示之際，卻發生了嚴重偏離劇本的意外事件。

「來富在後山的突然出現，一下子又推翻了我的全盤推理，同時也把自己變成了頭號的嫌疑人。鬼鬼祟祟地在案發現場附近遊蕩，他的行動當然是極其可疑的——假如，那裡確實是案發現場的話。

「是的，那只是一個『複製』的案發現場，除了滿地黃沙和屈指可數的幾棵樹以外，根本就什麼都沒有。但是，問題卻並未因此消失——為什麼來富會跑到那裡去呢？在這個複製的後山，到底有什麼東西？

「如果把它和當時發生的另一件事情聯繫起來，答案就變得顯而易見了：那天早上，有兩名計畫之外的陌生人，非常不巧地闖入了這個虛構的村子。『阿香』一邊穩住他們，一邊立即試圖通知蝶姨這個突發狀況，可是，電話卻無論如何也打不通。

「不用說，這是因為手機在後山沒有信號。然而『阿香』判斷，此事刻不容緩，必須盡快和蝶姨取得聯絡。於是在現代通訊工具派不上用場的情況下，便只好採用最原始的方式——派出一名信使。

「來富——或者說，來富的扮演者——就是在這種情況下接受了跑腿的任務。

「然而，當時在後山的，並非只是蝶姨一個人。來富要送達的信息，還必須想方設法瞞過就在蝶姨身邊的我。幸運的是，這倒不見得是多麼困難的事情。哪怕我擁有再強大的聽覺和嗅覺，也絕對不可能察覺到寫下來的文字。」

我聽見，有人不由自主地嚥了一口吐沫。

「是啊。」我點點頭，「急中生智的『阿香』特地寫了一張字條——不過，來富不可能親自把它轉交給蝶姨，否則就會引起我的警覺。因此，他只能將字條沿路舉著，讓蝶姨遠遠便能看見。而這也就意味著，那上面的字必須寫得巨大。

「至於具體的文字，我想，大概是『小心有陌生人』之類的吧。

「如果我沒有猜錯的話，『阿香』先是在記事本上寫好了字條，然後把那一頁撕下來交給來富。這麼一來，書寫的痕跡就會透過紙背，印在下面的一頁上。古今中外的偵探們，時常用鉛筆在這樣的頁面上塗抹，使其中的祕密顯露出來。而我，卻並不需要鉛筆，只要有它們就足夠了。」

我來回晃動著那十根讓我引以為豪的手指。

「前天晚上，『阿香小姐』，妳當然也意識到了這一點，所以才會不顧一切地把那個本子搶回去。但問題在於，妳是怎麼看出來的呢——要是我的手一直按在文字上還情有可原，可是，那是**完全空白**的一頁。

「解釋只有一個：妳從小就見慣了我做這樣的事，早已習以為常，因此才會有那種條件反射般的舉動。**樂樂**，到現在妳還不願意承認嗎？」

「我……」她艱難地開口道，「那個，你搞錯了，我不是……」

我失望地歎了口氣，為她的執迷不悟。

「也罷。既然如此，我們就繼續往下說吧。得到了警告的蝶姨，帶著腦子被來富攪得一塌糊塗的我返回了村子。雖然人物和故事都是虛構的，但這裡畢竟是存在於真實世界裡的一個開放空間，即使有外人到來也並非不可能的事情。當然，應變的措施也早就準備好了，只要蝶姨亮出國際刑警的身分，勸諭對方離開應該不會太困難。

「只可惜，這個對策並未能付諸實施，因為這兩位不速之客竟是蝶姨所熟識的人。他們是心理學家兼業餘偵探方程博士，以及他的朋友，推理小說作家夏亞軍先生。

「我不知道妳和方程博士之間到底有什麼過節——儘管，妳曾經把你們的關係形容為『仇人』——唯一可以肯定的是，妳不願意和他們見面，為此甚至不惜東躲西藏，更不用說去解釋這裡正在發生的事情。然而，妳也絕對不能讓我和他們打上照面，否則計畫就有瞬間敗露之虞。情急之下，妳只好謊稱他們是『危險人物』，以安全為藉口禁止我離開房間。

「但一切已經無法挽回了，從那時候起，就註定了局面將會徹底失去控制。事到如今，兩位還依舊盡忠職守，只是因為妳們仍然懷有一線希望，我還不知道**那個祕密**而已。」

是的，遠在這趟荒謬的旅行之前，**那**才是所有的開端。

「樂樂，妳或許還記得吧。雅絲敏現在之所以叫雅絲敏，是因為她以前叫做小茉莉；而小茉莉這個名字，則是因為胖爸爸是在東屋前院的那叢茉莉花下發現她的。與此相反，我是被遺棄在教堂門前的臺階上，後來被馬丁神父發現。

「仔細想一想，這還真是奇怪。東屋前院的圍牆上分明掛著孤兒院的牌子，我的親生父母，為什麼會把我放到教堂那邊去呢？」

「啊……」她輕輕驚呼。

「這下妳明白了吧。」我滿意地點點頭，「至於蝶姨，妳當然會記得這個東西。」

我從口袋裡掏出來一個小玩意兒，那是一個廉價的鑰匙圈，上面附帶著一枚袖珍麻將牌的裝飾。

「這是航空公司贈送的禮品。在飛機即將降落的時候，連同中國入境卡一起發放的。根據法律上的定義，我是德國人，所以必須填寫入境卡；而蝶姨是中國公民，則可以免去這個麻煩的步驟。

「可是，那位空中小姐根本沒有詢問過我，她怎麼就知道我持有的是外國護照呢？」

「原來如此，」溫幼蝶歎氣道，「這確實是我疏忽了。」

「那已經沒關係了。」我搖頭道，「即使沒有這段插曲，真相究竟還是要大白於天下的。因為昨天晚上，那件最不可思議的怪事終於發生了。」

「是嗎……」

「長話短說吧。總之為了窺探那兩個『危險人物』的企圖，昨天晚上我跑去偷聽他們的對話，沒想到卻一下子就被發現了。我當然立刻逃走，但他們一直窮追不捨，最後我再也無路可退，只好找個地方躲了起來。

「很明顯，方程博士不是那麼容易被欺騙的。因為村裡沒有路燈，夏亞軍先生便借助手機的光線四下尋找。我無比確信，當時他已經找到了我。然而，夏亞軍先生卻對我完全視而不見。他簡直就像有意要包庇我一般，對方程博士說我並不在那裡。」

「噢！」兩位女士不約而同地發出了一聲恍然大悟的感歎。

「時間跨度超過了十八年的這三件事，表面上各有其不合理之處，但它們卻都指向著同一個祕密。

「我的親生父母沒有把我放在孤兒院，是因為他們看不懂漢字，卻明白十字架所代表的意義；空中小姐默認我須要填寫入境卡，是因為在她的眼裡，我根本就沒有半分中國人的樣子；至於夏亞軍先生，他是真的看不見我，因為那個時候，我已經和周圍的茫茫夜色融為了一體。

「也就是說，」我的聲音平靜得不帶一絲漣漪，彷彿根本不是在說自己的事情，「我是一個黑人。」

所以雅絲敏才不願意配合我去表演《龍的傳人》的歌詞。所以父親不惜連夜搬家，也要讓我遠離那些種族歧視的傢伙。所以在倫敦，母親認為基因療法的失敗嘗試也不見得就一定是壞事。相比起眼睛的殘疾，她更擔心我在復明後無法接受現實。

我出生在中國。從我能夠理解這個概念的時候起，我理所當然地認為自己是中國人——一個黑眼睛、黑頭髮、黃皮膚的中國人。可是，先天失明的我，連一眼都沒有看到過自己的模樣。

我從小就很喜歡這個國家。儘管被親生父母拋棄，但那只是別人口中的一個故事，對我來說根本毫無真實感。我所記得的，是那許許多多疼愛和保護我的親切的人們。在離開中國以後，摻雜了對故鄉的眷戀，這種情懷變得尤為強烈。我學會那繁複但美麗的漢字，研習那簡練卻睿智的詩文，熟讀那悠長而精彩的歷史，嚮往那廣闊又善良的土地。我既以自己生為中國人而自豪，也為雅絲敏和伊蓮她們失去了本源而悲哀。

——如果有一天，他知道了自己不是中國人的話，會有什麼樣不堪設想的後果？這個問題，一定已經如夢魘般困擾了父母無數個日夜。

——那麼，就讓那天永遠不要到來吧。他們最終達成了共識。

在德國，談論別人的膚色本來就是一個禁忌的話題。加上或許是母親每天向上帝祈禱所帶來的運氣，這十幾年間，我竟然從來沒有產生過半點懷疑。

從我們入學的那一天起，父親便和校長先生達成了某種協定，讓學校裡的每個人都幫助保守這個祕密。與此同時，雅絲敏被安排和我分在同一個班，倘若萬一有意外發生，便由她採取應急措施——具體的做法，就是捂著我的耳朵。所以，無論我在考試中取得了多麼優秀的成績，他們也絕對不會讓我跳級。

極少與外界接觸的封閉環境、內部所有人的合作、簡單有效的意外應對機制，正是這套系統多年來能成功運作的三個關鍵。因此，當父母不得不讓我到中國來的時候，他們同樣遵照這三個原則，執行了這個異想天開的計畫。

「這個假冒的村子，正是為了隱藏我的祕密而誕生的。」

到此為止，我的推理已經全部說完了。體內隨即湧出一陣翻江倒海的疲勞感。手不由自主地一鬆，那只粗瓷海碗便自半空中墜落，再想去抓已經來不及了。

嘭。它摔在一層厚厚的黃土之上，毫髮無傷。

我也一樣，依然好端端地坐在這裡，拙劣地模仿著推理小說中那些偉大的偵探們，解答引人入勝的謎團。並沒有如父母所擔心的那樣，在洞悉自己的身世後便一蹶不振。

不管多麼努力去隱瞞，祕密總有被揭穿的時候，這就像地心引力一樣不可抗拒。

他們為什麼就不願意試著放手呢？

24

「為什麼你就不能放手呢？」雅絲敏沮喪地說。

「這是理所當然的吧，」我振振有詞，「因為我們是一家人啊。家人不就是為了照顧彼此而存在的嗎？」

有那麼一瞬間，我以為她被感動了，同意放棄去什麼亞馬遜叢林的荒謬念頭。

「我親愛的哥哥，」她突然從身後雙手環著我的脖子，「我向你保證，我絕對會照顧好自己的，好嗎？」

雅絲敏是這樣的一種妹妹——她平時很少撒嬌，但她一旦這麼做的時候，幾乎總是可以使我立刻作出讓步。

「就算妳一定要去巴西，難道不能邀請瑪蒂爾達陪妳去嗎？」

「我確實有問過她啊，不過她暑假已經安排了其他計畫啦。」彷彿詭計得逞了一般，雅絲敏顯得很是開心，「你還是不喜歡卡爾，是嗎？」

「誰會喜歡那種浮誇的傢伙？」我厭惡地反問。

「嗯……瑪蒂對他不就挺著迷的。」

「那就讓他去和瑪蒂約會好了。妳配得上更好的，小雅。」

「我知道啦。現在又不是說我答應了卡爾的求婚，或者馬上要搬去和他一起住。我們只不過趁著假期一起出去逛逛罷了——你知道，作為朋友。」

「哼，很顯然穆勒想要更多。」

「那也不代表他就能得到更多，不是嗎？」

我無話可說了。「妳去告訴那傢伙，」我虛張聲勢道，「假如他把妳弄得不高興了，我一定不會放過他的。」

「再說一遍，本姑娘現在可不是要嫁人。」雅絲敏莞爾道，「不過，我會確保他收到這條信息的。」

我們各自沉默了一會兒。然後她轉移了話題。

「你怎麼樣，本？暑假有什麼打算嗎？」

我搖搖頭，「大概也就是在家裡讀書吧，我猜。」

「是嗎……那麼，這個給你。」

雅絲敏把一本硬紙封面的書放在我的膝蓋上。從材質便可以知道，這是使用盲文印表機列印出來後再進行裝訂的。盲文所佔的空間本來就大，加上紙張較厚，而且每頁只能列印單面，因此比普通的書厚了三倍不止。

「這是什麼書？」

我隨口問道，手指一邊輕巧地劃過封面。躍動的凸點有規律地排列著，分別代表中文拼音的聲母和韻母，最後合在一起構成了幾個漢字。

見鬼的愛情

夏亞軍著

「這是早上魏默先生送來的。」雅絲敏解釋道，「據說是一本還沒有出版的推理小說，因為爸爸拜託了出版社的熟人才提前拿到手的。」

我確實記得這個作者，以及其筆下那位不樂意當偵探的怪人心理學家——好像是叫方程吧？不過，假如只要拜託出版社，便能拿到尚未出版的小說的話，我倒寧願要《冰與火之歌》[39]的第六卷。自從《與龍共舞》出版以後，和馬丁神父同名的那位作家大叔已經兩年多沒有動靜了。

「那麼，祝你閱讀愉快。」雅絲敏親吻了我的臉頰，「我要去準備收拾行李了。」

她跟伊莉莎白擁抱告別。後者蹲在門邊眼巴巴地張望了一陣，直至雅絲敏的身影徹底消

39.《冰與火之歌（A Song of Ice and Fire）》：美國作家喬治・R・R・馬丁（George R. R. Martin）所著系列奇幻小說。其第五卷《與龍共舞（A Dance with Dragons）》出版於二〇一一年。

失，才悶悶不樂地返回宿舍的角落。

我找不到閱讀的心情，便把書推到一旁。打開電腦，在語音功能的輔助下，百無聊賴地瀏覽著網上的新聞。

不料，立刻有一個標題吸引了我的注意。

挖眼男童案今獲重大突破　犯人疑為其嫡親姑母

我毫不猶豫地下達點選連結的指令，一個嶄新的網頁隨即被打開了，電腦合成的女性聲音，不帶任何感情地朗讀著上面的內容。

今晨，記者從醫院方面獲悉，數日前被人殘忍挖去雙眼眼球的六歲男孩小光，經醫護人員全力搶救後已經脫離了生命危險。遺憾的是，孩子被確診為永久性完全失明。在父母的陪伴下，目前小光情況穩定……

25

「小光的情況怎麼樣？」

我甫一坐下，連盲杖還沒來得及收好，酒鬼大叔——我是指，夏亞軍先生——便迫不及待地問道。

「精神非常好呢。」我在沙發上挪了挪，試圖讓自己坐得更舒適。「植入義眼片的手術十分成功，醫生說其實隨時都可以出院。不過我們希望利用這段時間盡量多交流一些，所以他們還會在香港多住幾天。」

依照香港的過境簽證政策，在啟程回德國前，我被允許在此逗留七天。受父親委託，我帶去了一張支票，原意是用於小光的後續治療，不料卻遭到了劉麗女士的婉言謝絕。這位可敬的母親表示，自從案件被廣泛報導以來，他們幾乎每天都會收到捐助；就在不久前，還有某位匿名的熱心人士一下子拿出了可觀的款項，已經足夠支付醫療費用。至於超出此外的部分，他們一家無論如何不能接受。

「那孩子以後可以像你一樣獨立嗎？」方程博士的聲音依舊陰鬱，但習慣了以後，倒不覺得如當初那般瘮人了。

「我相信，」我笑著搖搖頭，「將來他會比我強得多。」

這並不是虛偽的謙遜，也不是什麼不切實際的期望。跟我比起來，小光對視覺有著明確的概念，這是不可忽視的優勢。

我舉了一個例子以證明這個觀點。

——有一次，我們聊起了他的這個手術。我一時心血來潮，便故意逗他說，「小光，你裝的這個義眼片很好看。」

——沒想到他立即抗議道，「本哥哥你騙人！你自己不是也看不見的嗎？」

我的兩位客人一起發出了會心的笑聲。他們此行是途經香港前往臺北，參加夏亞軍先生的新書——儘管我已經提前讀完了——發表會。於是我邀請他們到我下榻的酒店小敘，為了之前的一個約定。

溫幼蝶對此似乎早有預料，當我們乘坐的航班降落在赤鱲角機場[40]後，她便如一隻真正的蝴蝶般翩然離去。專門從德國趕來，已經在香港等候多時的雅絲敏接替了她的位置，就像她長久以來所做的那樣。我的妹妹，一直默默地守衛在我身旁的妹妹，卻被這個軟弱的哥哥當成了被保護的對象。上帝的黑色幽默。

「我有一個主意，」只聽夏亞軍先生道，「是關於書的名字。」

就在那個命運之輪轉動出現了些許偏差的夜晚，水井邊的槐樹之下，我請求夏亞軍先生將這個荒誕的故事記錄下來。作家欣然同意，並答允會以此為基礎寫一本書。我想，這應該不太困難，因為我的整個人生，本來就只是一部虛構出來的小說而已。

「夏亞，」方程博士悠悠開口，「在討論書名之前，還是先把真相告訴他比較好吧。」

我簡直要懷疑自己的耳朵出了問題，「什麼？」

「是這樣的。」夏亞軍先生道，「阿本，你是否知道，我們為什麼會到那個村子去呢？」

「當然，」我不假思索地說，「那是因為……」

脖子彷彿突然被人掐住了。

現在回想起來，關於這兩名不速之客的不軌企圖，當時我確實曾假設過許多可能性——那是因為，蝶姨說他們是**危險人物**。但自從我悟出了他們的真實身分以後，這已經變得不再重要，我也沒有再去多加思考。

也許，因為夏亞軍先生對這起「挖眼男童案」心存疑惑，所以拉著方程博士到當地進行調查，不料在誤打誤撞之下，卻跑到了那個複製的案發現場。總之，和他們的相遇，只是一次單純的巧合，或者是上帝開的另一個玩笑而已。

「看來，你說的沒錯。」夏亞軍先生道。這句話似乎是朝方程博士說的。

40. 赤鱲角機場：香港國際機場的別稱，因位於香港新界大嶼山赤鱲角而得名。

「這……是怎麼回事？」我莫名其妙地忐忑起來。雖然身處人潮熙攘的鬧市，卻比在那條漆黑的山路上，他們在我身後窮追不捨時更加慌張。

「你大概認為，」方程博士又用那種黃泉使者般的聲音說道，「你的父母費盡心思設計了這一切，都是為了繼續向你隱瞞你的膚色，對嗎？」

難道不是嗎？我很想這麼反問，直覺卻讓我閉上了嘴。

「以你的判斷力，本來應該早就明白了。」方程博士評論道，「只可惜，你終究還是受到了感情的蒙蔽。」

夏亞軍先生探身過來。「一個多星期之前，我們收到了這封信。」他一邊說著，一邊把一個信封放在我的手裡。我猶豫不決地將其拆開，從裡面抽出來一張對摺成兩半的短箋，隨手一捏，信封及箋紙的表面均平整如鏡。

「這封信是列印出來的，所以你不可能找到書寫的痕跡。」方程博士解釋道，「但我想，你有權利知道它的內容。」

「如果你不介意的話，」夏亞軍先生建議，「就由我來唸一遍吧。」

我順從地把短箋交了出去。

親愛的夏亞軍先生、方程先生：

久聞兩位大名。一直未能得見，是以為平生之憾。

冒昧來信，是誠摯邀請兩位先生稍屈大才，為在下解開某個祕密。不過，雖然說是邀請，在下平素也不甚喜歡遭人拒絕，因此若方程先生無意協助，還請夏亞軍先生從旁多加勸諭為盼。

當然，在下絕非瘋子，更不是喜歡惡作劇的無恥之徒。今天，夏亞軍先生的愛車想必也停泊於慣常的位置；假如兩位現在立即前往檢查其後尾箱的話，便應當可以瞭解在下所言非虛。

謹奉上一點微薄酬勞，聊表心意，惟望笑納。

那麼，請允許在下就此傳達，委託兩位的第一項任務：請按照指示，在四十八小時內到達指定地點。在下將於黃土高原上恭候大駕。

期待兩位的大顯身手。

「這……是怎麼回事？」我機械地重複著剛才說過的話。腦裡一片茫然，空空如也的信封在我的手裡微微顫抖。

「大概你已經注意到了。」方程博士道，「信封上並沒有貼郵票，也就是說，這封信是被人送來的。很顯然，送信者刻意挑選了一個巧妙的時間到來，保證不會和我們碰面。」

「當然，」夏亞軍先生接著說，「我們立即就按照信中所說去查看了車尾箱。結果在那兒發現了一個我從來沒見過的小手提箱，不知道是在什麼時候被誰塞進了我的車裡。手提箱裡的物品包括兩張次日出發的飛機票，一把帶有目的地機場標識的儲物櫃鑰匙，除此以外，還有一摞現金。」

「就像寄信人所預言的那樣，」方程博士道，「一提到祕密什麼的，夏亞的好奇心立刻被挑逗了起來，按捺不住就要去赴約。於是，我們輕而易舉地落入了對方的圈套之中。」

「我說的是，應該首先聽取對方的說法，然後再決定是否接受委託。」夏亞軍先生抗議道，「而且無論如何，至少也要把那筆錢物歸原主。」

方程博士沒有繼續爭論。「總而言之，我們乘坐了那趟航班，在機場的儲物櫃裡拿到了一把車鑰匙，然後又在停車場找到了那輛車。車上安裝有GPS導航系統，目的地和路徑都已經預先設定好了。

「可是，和信中承諾的不一樣，當我們抵達那座小山村以後，根本沒有任何人來與我們聯絡，更不用說什麼『恭候大駕』了。不過，對方畢竟付出了……」夏亞軍先生無意中透露了一個數字，竟與我口袋裡那張支票的面額驚人地一致，「要是單純的惡作劇，價格也未免過於高昂。所以我們決定在村裡暗中查訪，希望能把寄信人找到。」

「我想，」方程博士道，「你應該已經知道，我們這位神祕的寄信人是誰了吧。」

是的，我當然知道——我怎麼可能不知道？雖然謙恭卻不容拒絕的語氣；對交涉的對象瞭若指掌，彷彿始終控制著一切的行事風格；環環緊扣，滴水不漏的安排……對我來說，這些實在太熟悉不過了。

然而，問題是——

「為什麼?!」

「因為，」方程博士爽快地回答道，「寄信人的目的，並不是要向你隱瞞膚色的祕密；恰恰相反，他是想讓你揭開這個祕密。」

「不可能!!!」我失態地大吼道。

熱鬧的酒店大堂霎時變得闃寂無聲。毫無疑問，周圍的人們全都把目光集中在了我的身上。但我並不在乎。

「你已經讀過《見鬼的愛情》了吧。」方程博士不緊不慢地說，「告訴我，這本書明明還沒出版，為什麼你卻會提前讀到了呢？」

「這……」我缺乏信心地回答道，「據說是因為我父親和出版社……」

「你誤會了。」方程博士迅速打斷了我，「我的問題，並不在於為什麼你能讀到，而在於為什麼是這本書？即使僅限於推理小說的領域，夏亞也只是個名不見經傳的作者，假如有人要為你挑選新書，難道不應該找一部更引人注目的作品嗎？」

我不由得一震——雖然這麼說有些對不起夏亞軍先生，但從雅絲敏那裡拿到這本書的時候，我確實也曾有過相似的想法。

與此同時，記憶中的某些片段，竟好像開始逐一連結起來了。

——因為我在假期開始前剛剛得到了這本書，所以才會把它帶在旅途中閱讀。

——因為我在讀一本尚未出版的書，所以溫幼蝶才會主動和我聊起了這個話題。

——因為有了飛機上的那次對話，所以我才記住了她和方程博士之間的微妙關係。

——因為無意中得到的這項信息，所以當蝶姨一反常態地東躲西藏的時候，我才會靈光乍現，想到了這兩人的真正身分。

也就是說，如果當初雅絲敏沒有給我這本書，恐怕我到今天也還不知道他們是誰，大概也很難識破假村子的事情，當然更不可能認識真實的自己。難道，這些全都是計畫中的一部分嗎——

「可是，可是……」

就在我最需要解惑的時候，方程博士卻突然退縮了。「夏亞，」他說，「下面的就由你來說明吧。」

「好吧——」夏亞軍先生發出了一下令人難以察覺的歎息，「阿本，你已經知道了，許多年來，你的父母一直刻意不讓你知道自己的膚色。可是，你有沒有想過，他們為什麼要隱瞞這件事呢？」

我下意識地咬住了嘴唇——他是個先天失明的孩子，幾乎剛生下來就被父母遺棄，如果連中國人的身分，這個唯一能讓他感到自豪的東西都被奪走了的話，那不是太可憐了嗎？——我很想說，除了這種廉價的憐憫以外，還有別的什麼原因。遺憾的是我說不出來。

「是的，還有別的原因。」夏亞軍先生彷彿看穿了我的心思。「由於從小失去了視覺，你對於自身的認知長期處在一種扭曲的狀態。根據這傢伙的理論，」他指的是方程博士，「要是通過暴力的方式予以糾正，就等於強迫你接受自己是另外一個人，這樣很容易會造成心理方面的疾病，甚至有可能引起分離性身分識別障礙。所以，為了保護你的心理健康，你的父母才不得不這麼做。」

這麼說來，剛到德國的時候，我確實糊裡糊塗地被帶去看一位心理治療師。大概就是那時候，那位茲威格醫生作出了同樣的診斷。不過，「那並沒有任何區別。」我乾巴巴地說。

「你錯了，這裡面有著天壤之別。」夏亞軍先生的語氣忽然變得嚴肅起來。「從心理學的角度來說，要保護你的精神完整性，除了永遠保守這個祕密以外，還有另外一個辦法——那就是，讓你自己把它**推理**出來。」

「讓我……推理？」

「舉個例子來說吧。假如現在我告訴一個四五歲的孩子，世界上其實並沒有聖誕老人，他一定會當場大哭，說不定還會從此留下心理陰影。但是，隨著年齡增長，這個孩子終有一天會突然醒悟過來，把那些禮物放進襪子的，其實只是自己的父母。那時候，他將可以輕鬆地接受聖誕老人是虛構出來的事實，因為這並不是別人以暴力方式灌輸給他的，而是他自行得出的結論。」

這本應該是很淺顯的道理。但此刻我的腦子裡充斥著大量雜念，只得勉強集中精神，才不至於跟不上夏亞軍先生的話。

「關於整個『複製村』的計畫，確實就如你之前推理的那樣。只不過，在此基礎上，你的父親還進行了一項額外的佈置——如果我們猜得不錯的話，他甚至沒有告訴你的母親和妹妹。當然，溫警官也一樣被蒙在了鼓裡。」

我好不容易才明白過來那指的是溫幼蝶。不知不覺間，我已經習慣了叫她作「蝶姨」，忽然聽到如此正式的說法反而頗不適應。我不禁想知道，要是方程博士的話，又會怎麼稱呼他的這位「仇人」呢？

或者，他特意讓夏亞軍先生來進行這番說明，就是為了可以不必提到她的名字？

「在眾多國際刑警中，這項任務最終被交給了溫警官，大概是因為在對她進行背景調查的時候，令尊發現了一段可以加以利用的歷史——只要略施小計，讓我把方程也拉去那個村子，勢必就會令她陷入兩難的境地。通過我們造成的混亂，使你獲得自由思考的空間，去探尋那裡的各種祕密。」

現在我已經完全明白了。對於方程博士他們的出現，蝶姨在最初的驚愕過後，當然也不會相信這是巧合。她大概看透了父親的意圖，所以當我在那些晚上進行偷聽行動的時候——毫無疑問，蝶姨是知情的，樂樂也會向她報告——她便放任不管了。

「必須指出的是，即使如此，你面臨的困難仍然是巨大的——我們還不知道投遞匿名信的人到底有什麼目的，自然會格外提防前來窺探的你，也為此設下了圈套。你在那種狀況下還能逃走，你會躲在那棵樹後的陰影中，這些當然都是不可預料的發展。但你的父親始終相信，只要給予你一個機會，你便有能力去揭開謎底。我想，他從不認為你是只能受人保護的弱者，而你已經證明了他的眼光並沒有退步。」

「你應該為你自己感到自豪，」方程博士開口道，「而不是因為你的國籍或者膚色。」

我忽然覺得啼笑皆非。這麼算起來，我是在中國出生，國籍為德國的黑人。那麼我到底應該是哪裡人呢？——這根本就不重要，不是嗎？

我從沙發上站起來，朝方程博士和夏亞軍先生深深鞠了一躬。

「實在對不起。因為我的緣故，給兩位添了那麼多的麻煩。」

「我可並不這麼認為。」夏亞軍先生愉快地說，「托你的福，我才得到了這個有趣的寫作題材。」

「對了，請轉告令尊，」方程博士卻陰沉地說，「那筆錢我們不打算還了。」

我咧嘴一笑，下意識地拍了拍衣服上的口袋。我確信，劉麗女士所提到的那位匿名熱心人士，我已經知道是誰了。

夏亞軍先生重新開始方才被打斷了的話題，「我打算把這本書命名為《黃》，你覺得怎麼樣？」

《黃》——我仔細琢磨著這一個字裡面所蘊含的玄機，不禁連連點頭。

「啊呀，您們要喝點兒什麼嗎？」光顧著說話，我這才想起來待客之道。

「那麼，我就要一杯冰咖啡吧。」夏亞軍先生掏出鋼筆和筆記本，「關於你童年時代生活的一些片段，我還想瞭解得更詳細一些。」

「這裡也供應雞尾酒的。」我善意地提醒道。

「不，謝謝了。我不怎麼愛喝酒。」

「哎?!可是，在村子裡的時候……」

「噢，」作家恍然大悟，「那是這傢伙的蹩腳障眼法——因為我們並不知道在那裡會遇到什麼，所以首先要隱藏自己的身分。一般來說，懷有祕密任務的人總是保持低調，通常也會滴酒不沾。他讓我故意反其道而行之，裝作酒鬼的樣子大吵大鬧，只是為了降低人們的警惕性罷了。」

我發了頓呆，好一會兒才繼續道：

「方程博士，您呢？」

「這傢伙永遠死性不改的，」夏亞軍先生搶著回答，「給他來杯橙汁就好了。」

這回我再也忍不住了。

「我還有一個問題！」這話幾乎是衝口而出，「您和蝶姨之間，到底是怎麼一回事？」

一陣沉默過後，夏亞軍先生緩緩開口道，「這個，說來就話長了……」

咳!!方程博士故意嘹亮地咳嗽了一聲。

「好吧。」夏亞軍先生沒有繼續講下去，卻報復性地說道，「或許在完成《黃》之後，我該考慮為那件事也寫一本書了呢。」

「隨你的便。」方程博士不屑一顧，「反正以你的寫作速度，至少也得是好幾年後的事情了吧。」

「那樣的話，」我連忙打圓場道，「也許到時我就可以不必閱讀盲文版了。」

「嗯？」

「我決定要去美國。」我說，「那個基因療法，我希望可以再嘗試一次。」

「是啊……」夏亞軍先生沉吟道，「你現在一定很想看一眼自己的樣子吧。」

我微笑著點點頭。

不過，我更想看見的，是父親、母親，還有雅絲敏……他們那如陽光般燦爛的笑顏。

（本作品為第4屆【噶瑪蘭·島田莊司推理小說獎】原始參賽作品，未經後續編輯修改之版本）

第四屆【噶瑪蘭・島田莊司推理小說獎】決選入圍作品評語

（本文涉及謎底與部分詭計，請在讀完全書後再行閱讀）

日本推理小說之神／島田莊司

今年入圍最終決選的三部作品，水準極高，不論把首獎頒給哪部作品，感覺都可以。或者說，三部都獲得首獎也沒什麼問題。特別是這一次，比我在日本擔任過評審的各種獎項水準都還要高。

所以今年的評審與定奪非常困難，但這個獎項有註明只要是入圍最後決選的作品都會出版，所以我的責任相對也減輕了許多。

入圍的三部作品，將來都會經過翻譯介紹到台灣之外的國家，既可以對這個領域產生刺激與貢獻，也能展現華文本格推理的高水準。因此，我想告訴參賽者，即使沒獲得首獎也不必沮喪。

另外，三部作品的造詣在伯仲之間的今年，也是我從未如此渴望擁有「短時間內完成篇易日譯翻譯軟體」的一年。有了這個新技術的協助，我有自信今後的評審可以更為精準。今年的評斷之所以會這麼痛苦，很大的原因之一，是我深感就算擁有詳細的大綱、作者本人和副評審委員的報告，無法直接閱讀作品的評斷方式仍然有其極限。若不是作品的水準那麼接近，只要報告中的觀察角度與分析正確，就會輕鬆許多。

無論是架構、故事、詭計的品質，還是誘導讀者的巧妙安排，各部作品不但都相當接近，表現手法也各自不同，在如此完美的情況下，我真的很想親自閱讀作品，深入作品內部，沉浸其中，等待答案自然浮現。在日本擔任獎項評審時，我曾再三體驗過，這種做法很有用，先有了結論，理由便會油然而生，就像用火車拖著貨車走那般順暢。

然而，由於這個獎不能仰賴這種方法，我無法準確判斷文筆是否流暢、表現手法是否具有魅力、伏筆是否有效、以及詭計細部的設定是否精巧，這令我十分苦惱，很擔心最後會不會因此犯下大錯。不過，對評選者來說，與其看到得獎作品一目瞭然，與非得獎作品之間的差距過大，像這樣被逼入絕境還比較幸福。

*

以往從未遇過這樣的入選作品，讓我思考得更多，並在腦中想起不輸給創作執筆時的種種故事情節。這般豐富的喚起性，令人啞然，因此以下的短文稍微偏離了以往的固有評選文章形態，成為敘述此處之心性及概論的特例文章，請多包涵。不過，解說應該會自然呈現出作品內在的重要意志。

人們為什麼要寫小說呢？又為什麼要讀小說呢？是因為被故事喚起的某種心性，會點出人要活下去必須面對的沉重「事實」吧？人們對此產生價值感，想與作者共享那種感覺，所以讀小說。

這裡所說的事實，並不是一九三〇年代德國希特勒佔領法國之類的事實。面對與非虛構或新聞報導等事實全然不同的人造物，會產生與「事實」的認知等同或以上之心性，許多讀者會嚴肅地接納這個心性，認同小說的真正價值，這些文字群便取得了被冠上文學這個稱號的資格。

作者自己創造、敘述的狀況，也算是一種「謊言」，讀者卻能感同身受，覺得因面對而產生的心性，比事實還要事實。在這裡的「事實」是什麼？這個事實要經由怎麼樣的思索與文字化的過程，才能獲得普遍價值？作家對此應該要有自覺，相關議論也應該持續下去。是這部作品把這種文學上的情事推到我面前，讓我去思考。

日本有近乎有害的扭曲近代文學史，那就是把偵探小說看成比自然主義文學更低等的盲目常識。偵探小說是通過歐洲所謂科學革命的思想改革，與自然主義文藝如雙胞胎般誕生的東西，在亞洲最先進口偵探小說的日本，卻沒有迎接科學改革的到來，因此造成了那樣的悲劇。

也就是說，原因是由心性誕生的新型小說的魅力，傳播速度快過科學及受過科學洗禮的以合理為優先的發想。原有的「科學→偵探小說」的順序，前後更換後才漂到了日本這個東方島嶼的岸上。

因此，還不見科學革命，無法體驗科學洗禮的東京的江戶川亂步，為了訴之當時日本人以情感優先的前時代感性，決定利用江戶時代展示稀奇商品的店家的核心，落實這個進口貨。看似接近輕率的性娛樂的令人無法忍受的通俗性，引發文學界的強烈厭惡感。就是完全不思考那樣的經過的不用功，衍生出了這種日本型的常識。在中國大陸就完全沒有這樣的歷史，理由很簡單，就是日本的小說太宰、亂步、島田，都是在近年內同時登陸，沒有各自持有獨立時代的空間。

對中國文壇的人來說，推理也是文學的一種形態，沒有高等、低等的差別。不僅如此，這次中國的新作者更以《黃》這個創作，告訴了我們一個事實，那就是以「本格推理」的名義形塑出完整樣式的這個日本流派的文藝，也是可以容納頂著上述心性的人造物的容器。做為愛好推理的國家，新人的中國文壇的珍貴風土提供了極大的助益，為這個以本格為志向的故事，毫不勉強地注入了華文文學的風情，整體飄散著真摯、嚴肅的氛圍，把這個作品推上了傑作的地位。

而且，在這部作品中，非常重大的意義，恐怕是出現在作者沒有意識到的地方，因此形成的可謂歷史意志的前後呼應的精彩度，喚起了身為評選人的我的某種感傷，所以我想做以下的解說。

每次來台灣，我都會在演講中提到，類似來自日本文學界的輕蔑眼光的無根據偏見，存在於這個文藝黎明時期的英國。提出「十戒」的諾克斯說：「為了高度維持這個小說群的主題的推理理論思考，不可以讓可能會操縱魔術的中國人出場。」

當然，這句話幾乎被當成了玩笑，所以不必太認真。濫觴於十九世紀的這個文藝，是通過科學信奉意識的盎格魯撒克遜民族自己人的興趣，基本上，當時並不需要其他人種的才能。他們認為不只中國人種，其他人種也不會理解這個文藝的意圖。

考慮到他在近現代史各方面，曾留下的對這個民族的改革的貢獻度，或許可以原諒他這種程度的輕佻言論，但英國人就是因為這種優越感，才看不透亞洲人的高ＩＱ，還有那個能力的未來伸展性。而今，出自創始者盎格魯撒克遜的偵探小說創作急劇下墜，中國人應該捨我其誰，把魔術放到一邊，把傑作送進流派，支撐領域，以復興為己任。

果然，在這次打開新世紀的獎項中，中國人的推理作家，把人種特徵的「黃」色，大膽地做為書名，寫出了優秀的作品。這樣的事實即便沒有特別的想法，也會讓人感覺到時代的意志，不由得湧現想為他鼓掌的衝動。

而且，在這部應是誘導驚奇之裝置的小說中，這個「黃色」被設計成與結語處的最大的驚奇巧妙地重疊的架構，超越個人才智所呈現的精密策劃，也令人不得不讚嘆。

遙遠的東方有一條江，它的名字就叫長江。

遙遠的東方有一條河，它的名字就叫黃河。
古老的東方有一條龍，它的名字就叫中國。
古老的東方有一群人，他們全都是龍的傳人。
巨龍腳底下我成長，長成以後是龍的傳人。
黑眼睛、黑頭髮、黃皮膚，永永遠遠是龍的傳人。

我多次對想成為華文作家的人陳述的意圖，此次伴隨著這首美麗的、高傲的詩，以不能再完美的完成式回來了，我必須說我非常滿意。

第 1 屆【島田莊司推理小說獎】決選入圍作品

首獎
作品

虛擬街頭漂流記

寵物先生—著

西元二〇二〇年，政府委託一家科技公司，以二〇〇八年的西門町為背景，開發一個「極真實」的虛擬商圈 VirtuaStreet。沒想到在最後測試階段，設計者大山和部屬小露竟看到了一具趴在街角的「屍體」！警方調查後發現，死者是後腦遭重擊而亡，然而，現實世界裡的陳屍地點是一個從內反鎖的房間，虛擬世界裡也找不到任何兇器。更怪的是，系統顯示案發當時，VirtuaStreet 內只有死者一人……

冰鏡莊殺人事件

林斯諺—著

知名企業家紀思哲收到了怪盜 Hermes 的挑戰書，上面不但言明將盜走他收藏的康德手稿，甚至還大膽預告下手的時間。紀思哲決定親手逮捕這個囂張挑釁的 Hermes，並邀請眾多賓客來到他位於深山中的別墅「冰鏡莊」，其中也包括業餘偵探林若平。預定的時刻終於來臨，但 Hermes 不但沒現身，珍貴的手稿也好端端地放在桌上。就在眾人以為是開玩笑之際，一具具的屍體卻陸續被發現了……

快遞幸福不是我的工作

不藍燈—著

常有人問他，「情歌快遞」究竟是什麼工作？他通常回答不出來，就像他現在瞪著眼前的屍體一樣，一整個無言！一個赤裸女人的頭破了個大洞，斜躺在按摩浴缸裡，血和腦漿流得全身都是……這個死狀悽慘的女人被警方抬了出去，他也被當成頭號殺人嫌疑犯，扭送到警局去了！阿駒只好找來頭腦冷靜、思緒縝密，還是法律系高材生的好友 Andy 來救命……

第 2 屆【島田莊司推理小說獎】決選入圍作品

遺忘・刑警

陳浩基—著

我從睡夢中驚醒，頭痛欲裂，完全記不清自己昨天的行蹤，發生在東成大廈的雙屍命案卻漸漸清晰成形：一個狂暴的丈夫殺死情夫和情夫的懷孕妻子。當我掙扎起身去上班，才驚覺今天竟然是 2009 年——我明明記得現在是 2003 年，命案才發生了一個星期啊！難道……我失去了六年的記憶？一位女記者為了這宗「陳年舊案」跑來找我，並決定和我聯手重新展開調查。然而我卻發現，我跟案件之間有著不可告人的祕密……

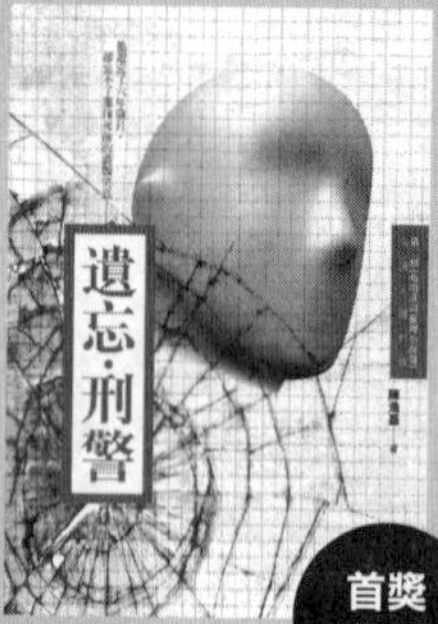

首獎作品

反向演化

冷言—著

當人氣紅星關野夜衝進門時，冷言還以為她跑錯了地方。直到一張詭異至極的照片出現在眼前，他才確定「相對論偵探事務所」有案件上門了！那張照片拍攝於沖繩附近的鬼雪島上，岩洞中竟探出半個類似人頭的東西！關野夜的節目打算到此錄影，因此想找冷言去解開照片裡的謎團，她還曾收到署名「地底人」的威脅信，警告她不要來到島上。而隨著勘查開始，果真有人受傷、從密閉洞穴中消失，甚至被殺害！真的有「地底人」嗎？或只是有人故佈疑陣？

設計殺人

陳嘉振—著

員警周智誠永遠忘不了看見女友屍體的那一刻，他不敢相信「奪命設計師」竟會介入他的人生！這個殺人魔之所以被稱為「奪命設計師」，是因為他每次都會在死者身上刻下一個 S 形刀傷。或許在他心中，殺人就像在做設計，每個成果都要留下「簽名」。警方找來心理學家姜巧謹協助周智誠，兩人終於發現所有被害者都與「創迷設計」公司有關。是私人恩怨所引發的報復？或者，背後還有更精巧細密的「設計」？

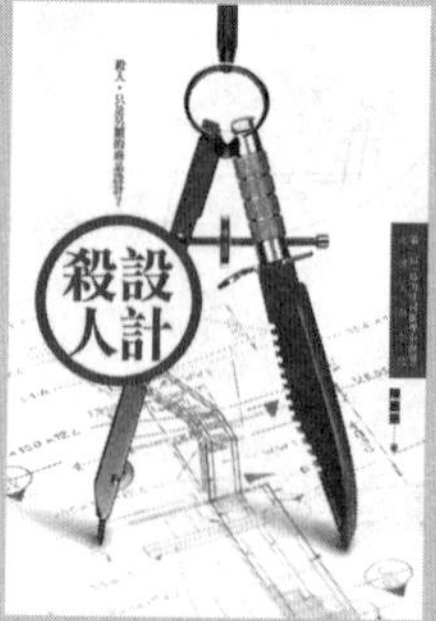

第 3 屆【島田莊司推理小說獎】決選入圍作品

我是漫畫大王

胡杰—著

我是班上的漫畫大王。那一天，許肥向我下戰書，說要來我家瞧瞧，比誰收藏的漫畫書多。贏的人就可以獲得把少女漫畫借給麻花辮班長看的權利；輸的人，從此就不許再接近她。我一定要贏。不，我一定會贏！直到打開家門之前，我都還是相信，我珍藏的漫畫會永遠陪伴著我，我深深信賴的人永遠不會背叛我。在悲劇降臨之前，我天真地以為，我會永遠都是班上最厲害的漫畫大王……

逆向誘拐

文善—著

植嶝仁從來沒想過，身為跨國投資銀行 A&B 的一個小小 IT 電腦工程師，竟然也會有被捲進重大事件的一天！

一開始的情況看似很單純，有同事前來求助，請他幫忙還原網路上一份弄丟了的資料；豈料不久之後，就有人發出勒索電郵，要求 A&B 付出十萬美金，否則一份攸關昆恩特斯融資計劃的重要資料就會被公諸於世，造成難以估計的經濟損失與信用破產！而其中最關鍵的是，那封電郵竟然是從植嶝仁的手機發出的……

見鬼的愛情

雷鈞—著

身為專業法醫，照理楊恪平應該早已對死亡視若平常，然而近來他的心理壓力卻升高到了極限！一連串變態殺人案陸續發生，每個被害者的死狀一個比一個悽慘。這幾具女屍讓他感到莫名的恐懼，彷彿有一道道黑影試圖將他吞噬殆盡。正當調查陷入困境，楊恪平在平時常去的酒吧巧遇了一名有些眼熟的女人。第一次見面，那女人就緊盯著他，幽幽地說:「在你身上，有不乾淨的東西。」對於連日來的不安，楊恪平彷彿有了答案……

國家圖書館出版品預行編目資料

黃／雷鈞著. -- 初版. -- 臺北市：皇冠, 2015 9 [民104]. 面; 公分. --(皇冠叢書; 第4496種) (JOY; 185)

ISBN 978-957-33-3180-3(平裝)

857.7 104015773

皇冠叢書第4496種
JOY 185
黃

作　者—雷鈞
發 行 人—平雲
出版發行—皇冠文化出版有限公司
台北市敦化北路120巷50號
電話◎02-27168888
郵撥帳號◎15261516號
皇冠出版社(香港)有限公司
香港上環文咸東街50號寶恒商業中心
23樓2301-3室
電話◎2529-1778　傳真◎2527-0904
總 編 輯—龔橞甄
責任編輯—張懿祥
美術設計—王瓊瑤
著作完成日期—2015年
初版一刷日期—2015年9月

法律顧問—王惠光律師

讀者服務傳真專線◎02-27150507
電腦編號◎406185
ISBN◎ 978-957-33-3180-3
Printed in Taiwan
本書定價◎新台幣280元/港幣93元